唐·劉肅撰

大唐新語

（一）

中國書店

詳校官御史臣莫瞻菉

臣紀昀覆勘

欽定四庫全書　子部十二

大唐新語　小說家類雜事之屬

提要

臣等謹案大唐新語十三卷唐劉肅撰唐書藝文志載此書五卷注曰元和中江都主簿此本結銜乃題登仕郎守江州潯陽縣主簿未詳孰是也所記起武德之初迄大歷之末凡分三十門皆取軼文舊事有裨勸戒者前有自

序後有總論一篇稱昔荀爽紀漢事可為鑒戒者以為漢語今之所記庶嗣前修云云故唐志列之雜史類中然其中諧謔一門繁蕪猥瑣未免自穢其書有乖史家之體例今退置小說家類庶協其實是書本名新語唐志以下諸家著録並同明馮夢禎俞安期等因與李垕續世說偽本合刻遂改題曰唐世說殊為臆撰商濬刻入稗海併于肅自序中增

入世說二字益為妄矣稗海又佚其卷末總論一篇及政能第八之標題亦較馮氏姚氏之本更為疎舛今合諸本參校定為書三十篇總論一篇而復名為大唐新語以還其舊焉乾隆四十九年閏三月恭校上

總纂官臣紀昀臣陸錫熊臣孫士毅

總校官臣陸費墀

大唐新語序

自庖犧畫卦文字聿興立記注之司以存警誡之法傳稱左史記言尚書是也右史記事春秋是也洎唐虞氏作木火遞興雖戢干戈質文或異而九丘八索祖述莫殊宣父刪落其繁蕪丘明捃拾其疑闕馬遷創變古體班氏遂業前書編集既多省覽為殆則擬虞卿陸賈之作袁宏荀氏之錄雖為小學抑亦可觀爾來記注不乏於代矣聖唐御寓載幾二百聲明文物至化玄風卓爾

於百王輝映於前古肅不揆庸淺輙為纂述備書微婉恐貽牀屋之尤全採風謡懼招流俗之説今起自國初迄于大歷事關政教言涉文詞道可師模志將存勸成十三卷題曰大唐世説新語聊以宣之開卷豈敢傳諸奇人時元和丁亥歲有事于圜丘之月劉肅撰

欽定四庫全書

大唐新語卷一

唐 劉肅 撰

匡贊第一

杜如晦少聰悟精彩絶人太宗引為秦府兵曹俄改陜州長史房玄齡白於太宗曰餘人不足惜杜如晦聰明識達王佐之才若大王守藩無用之必欲經營四方非此人不可太宗乃請為秦府掾封建平縣男補

文學館學士令文學褚亮為之贊曰建平文雅休有烈光懷忠履義身立名揚貞觀初為右僕射玄齡為左僕射太宗謂之曰公為僕射當須大開耳目求訪賢者此乃宰相之弘益比聞聽受詞訴日不暇給安能為朕求賢哉自是臺閣規模皆二人所定其法令意在寬平不求備以取人不以已長格物如晦玄齡引進之如不及也太宗每與玄齡圖事則曰非如晦莫能籌之及如晦至卒用玄齡之策二人相須以斷

大事迄今言良相者稱房杜焉及如晦薨太宗謂虞世南曰吾與如晦君臣義重不幸物化實痛于懷卿體吾意為製碑也後太宗嘗新瓜美愴然悼之輟其半使置之靈座及賜玄齡黄銀帶因謂之曰如晦與公同心輔朕今日所賜惟獨見公泫然流涕以黄銀帶辟惡為鬼神所畏命取金帶使玄齡送之于其家也

魏徵常陳古今理體言太平可致太宗納其言封德彝

難之曰三代已後人漸澆訛故秦任法律漢雜霸道皆欲理而不能豈能理而不欲魏徵書生若信其虛論必亂國家徵詰之曰五帝三王不易人而理行帝道則帝行王道則王在其所化而已考之載籍可得而知昔黃帝與蚩尤戰既勝之後便致太平九夷亂德顓頊征之既尅之後不失其理桀為亂湯放之紂無道武王伐之而俱致太平若言人漸澆訛不返樸素至今應為鬼魅寧可得而教化耶德彝無以難之

徵薨太宗御製碑文并御書後為人所讒勑令踣之及征遼不如意深自悔恨乃歎曰魏徵若在不使我有此舉也既渡水馳驛以少牢祭之復立碑焉

太宗嘗臨軒謂侍臣曰朕所不能恣情以樂當年而勵心苦節卑宮菲食者正為蒼生耳我為人主兼行將相事豈不是奪公等名昔漢高得蕭曹韓彭天下寧宴舜禹殷周得稷契伊呂四海乂安如此事朕並兼之給事中張行成諫曰有隋失道天下沸騰陛下撥

亂反正拯生人於塗炭何禹湯所能擬陛下聖德含
光規模弘遠雖文武之烈未嘗無將相何用臨朝對
衆與之校量將謂天下已定不藉其力復以萬乘至
尊與臣下爭功臣聞天何言哉而四時行焉又曰汝
唯弗矜天下莫與汝爭功臣備員近樞非敢知獻替
事輒陳狂直伏待菹醢太宗深納之俄遷侍中
太子承乾既廢魏王泰因入侍太宗面許立爲太子乃
謂侍臣曰青雀入見自投我懷中云臣今日始得爲

陛下之子更生之日臣有一孽子百年之後當為陛
下煞之傳國晉王父子之道固關天性我見其意甚
矜之青雀泰小字也褚遂良曰陛下失言願審思無
令錯誤安有陛下萬歲之後魏王持國執權為天子
而肯殺其愛子傳國晉王者乎陛下頃立承乾後寵
魏王愛之踰嫡故至於此今若立魏王須先措置晉
王始得安全耳太宗涕泗交下曰我不能也因起入
内翌日御兩儀殿群臣盡出詔留長孫無忌房玄齡

李勣褚遂良謂之曰我有三子一弟所為如此我心無憀因自投于床無忌爭趨持上抽佩刀無忌等驚懼遂良於手爭取佩刀以授晉王因請所欲立太宗曰欲立晉王無忌等曰謹奉詔異議者請斬之太宗謂晉王曰汝舅許汝也宜拜謝之晉王因下拜移御太極殿召百寮立晉王為皇太子羣臣皆稱萬歲

高宗朝晉州地震雄雄有聲經旬不止高宗以問張行成行成對曰陛下本封於晉今晉州地震不有徵應

豈使徒然哉夫地陰也宜安靜而乃屢動自古禍生
宫掖釁起宗親者非一朝一夕或恐諸王公主謁見
頻煩承間伺隙復恐女謁用事臣下陰謀陛下宜深
思慮兼修德以杜未萌高宗深納之
則天朝默啜陷趙定等州詔天官侍郎吉頊為相州刺
史發諸州兵以討之畧無應募者中宗時在春宫則
天制皇太子為元帥親征之吏人應募者日以數千
賊既退頊徵還以狀聞則天曰人心如是耶因謂頊

曰卿可於衆中說之頊於朝堂昌言朝士聞者喜說諸武患之乃發頊弟兄贓狀貶爲安固尉頊辭日得召見涕淚曰臣辭闕庭無復再謁請言事臣疾亟矣請坐籌之則天曰可頊曰水土各一盆有競乎則天曰無頊曰和之爲泥競乎則天曰無頊曰分泥爲佛爲天尊有競乎則天曰有頊曰臣亦爲有竊以皇族外戚各有區分豈不兩安全耶今陛下貴賤是非於其間則居必競之地今皇太子萬福而三思等久已

封建陛下何以知之臣知兩不安矣則天曰朕深知之當思處置項與張昌宗同供奉控鶴府昌宗以貴寵懼不全計於項項曰公兄弟承恩澤深矣非有大功必無全理唯一策若能行之豈惟全家當享茅土之封除此外非項所謀昌宗涕泣請聞之項曰天下思唐德久矣主上春秋高武氏諸王殊非所屬意公何不從容請復相王廬陵以慰生人之望昌宗乃乘間屢言之幾一歲則天意乃易既知項之謀乃召項

問頊對曰廬陵相王皆陛下子高宗初顧託於陛下當有所注意乃迎中宗其興復唐室頊有力焉睿宗登極下詔曰曩時王命中圮人謀未輯首陳反正之議克創祈天之業永懷忠烈寧忘厥勲可贈御史大夫

則天以武承嗣為左相李昭德奏曰不知陛下委承嗣重權何也則天曰我子姪委以心腹耳昭德曰若以姑姪之親何如父子何如母子則天曰不如也昭德

曰父子母子尚有逼奪何諸姑之能容使其有便可乘御寶位其遽安乎且陛下為天子陛下之姑受何福慶而委重權於姪乎事滋去矣則天矍然曰我未思也即日罷承嗣政事

長安末張易之等將為亂張柬之陰謀之遂引桓彦範敬暉李湛等為將委以禁兵神龍元年正月二十三日暉等率兵將至玄武門王同皎李湛等先遣往迎皇太子於東宫啟曰張易之兄弟反道亂常將圖不

執先帝以神器之重付殿下主之無罪幽廢神人憤
惋二十三年于玆矣今天啟忠勇北門將軍南衙執
政尅期以今日誅兇豎復李氏社稷伏願殿下暫至
玄武門以副衆望太子曰兇豎悖亂誠合誅夷如聖
躬不康何慮有驚動請為後圖同皎諷諭久之太子
乃就路又恐太子有悔色遂扶上馬至玄武門斬關
而入誅易之等於迎仙院則天聞變乃起見太子曰
乃是汝耶小兒既誅可還東宮桓彥範進曰太子安

得更歸往者天皇棄群臣以愛子託陛下令太子年長久居東宮將相大臣思太宗高宗之德誅兇豎立太子兵不血刃而清内難則天意人事歸乎李氏久矣今聖躬不康神器無主陛下宜復子明辟以順億兆神祇之心臣等謹奉天意不敢不請陛下傳立愛子萬代不絶天下幸甚矣則天乃卧不語見李湛曰汝是誅易之兄弟人耶我養汝輩翻見今日湛不敢對湛義府之子也

景雲二年二月睿宗謂侍臣曰有術士上言五日內有
急兵入宮卿等為朕備之左右失色莫敢對張說進
曰此有讒人設計擬搖動東宮耳陛下若使太子監
國則君臣分定自然覬覦路絕災難不生姚崇宋璟
郭元振進曰如說所言睿宗大悅即日詔皇太子監
國時太平公主將有奪宗之計於光範門內乘步輦
俟執政以諷之衆皆恐懼宋璟昌言曰太子有大功
於天下真社稷主安敢妄有異議遂與姚崇奏公主

就東都出寧王已下為刺史以息人心睿宗曰朕更無兄弟唯有太平一妹朝夕欲得相見卿勿言餘並依卿所奏公主聞之大怒玄宗懼乃奏崇璟離間骨肉請加罪黜悉停寧王已下外授崇貶申州刺史璟楚州刺史

蘇頲神龍中給事中并修弘文館學士轉中書舍人時父瓌為宰相父子同掌樞密時人榮之屬機事填委制誥皆出其手中書令李嶠歎曰舍人思如泉涌嶠

所不及也後為中書侍郎與宋璟同知政事璟剛正多所裁斷頲皆順從其美璟甚悦之嘗謂人曰吾與彼父子前後同時為宰相僕射長厚誠為國器獻可替否罄盡臣節頲過其父也後罷政事拜禮部尚書而薨及葬日玄宗遊咸宜宫將舉獵聞頲喪出愴然曰蘇頲今日葬吾寧忍娛遊乎遂中路還宫初姚崇引璟為中丞再引之入相崇善應變故能成天下之務璟善守文故能持天下之政二人執性不同同歸

于道叶心翼賛以致刑措焉

姚崇以拒太平公主出為申州刺史玄宗深德之太平既誅徵為同州刺史素與張説不叶説諷趙彦昭彈之玄宗不納俄校獵于渭濵密召會于行所玄宗謂曰卿頗知獵乎崇對曰此臣少所習也臣年三十居澤中以呼鷹逐兎為樂猶不知書張璟謂臣曰君當位極人臣無自棄也爾来折節讀書以至將相臣少為獵師老而猶能玄宗大悦與之偕馬臂鷹遲速在

手動必稱旨玄宗懽甚樂則割鮮閒則咨以政事備陳古今理亂之本上之可行者必委曲言之玄宗心益開聽之亹亹忘倦軍國之務咸訪於崇崇罷冗職修舊章内外有叙又請無赦宥無度僧無數遷吏無任功臣以政玄宗悉從之而天下大理

張説獨排太平之黨請太子監國平定禍亂迄為宗臣前後三秉大政掌文學之任凡三十年為文思精老而益壯尤工大手筆善用所長引文儒之士以佐王

化得僧一行賛明陰陽律厯以敬授人時封太山祠
睢上舉闕禮謁五陵開集賢置學士功業恢博無以
加矣尚然諾於君臣朋友之際大義甚篤及襃𤣥宗
為之罷元會制曰弘濟艱難叅其功者時傑經緯禮
樂賛其道者人師式瞻而百度允釐既往而千秋貽
範台衡軒鼎垂黼藻於當年徽策寵章播芳蕤於後
葉故尚書左丞相燕國公説星象降靈雲龍合契元
和體其冲粹妙有釋其至賾挹而莫測仰之彌高釋

義探繫表之微英詞鼓天下之動昔傳風諷綢繆歲
華含春谷之聲和而必應蘊泉源之智啟而斯沃授
命與國則天衢以通濟同以和則朝政惟允司鈞總
六官之紀端揆為萬邦之式方弘風緯俗返本於上
古之初而邁德振仁丕臻於中壽之福吁嗟不憖既
喪斯文宣室餘談洽若在耳玉殿遺草宛然留迹言
念忠賢良深震悼是用當宁撫几臨樂撤懸罷稱觴
之儀遵往禭之禮可賜太師賻物五百段禮有加等

儒者榮之

開元中陸堅為中書舍人以麗正學士或非其人而所司供擬過為豐贍謂朝列曰此亦何益國家空致如此費損將議罷之張說聞之謂諸宰相曰說聞自古帝王功成則有奢縱之失或興造池臺或耽翫聲色聖上崇儒重德親自講論刊校圖書詳延學者今之麗正即是聖主禮樂之司永代規模不易之道所費者細所益者大陸子之言為未達也玄宗後聞其言

堅之恩盼從此而滅

開元二十三年加榮王已下官勑宰臣入集賢院分寫告身以賜之侍中裴耀卿因入書庫觀書既而謂人曰聖上好文書籍之盛事自古未有朝宰充使學徒雲集觀象設教盡在是矣前漢有金馬石渠後漢有蘭臺東觀宋有揔明陳有德教周則獸門麟趾北齊有仁壽文林雖載在前書而事皆瑣細方之今日則豈得扶輪捧轂者哉

張九齡開元中為中書令范陽節度使張守珪奏裨將安禄山頻失利送就戮於京師九齡批曰穰苴出軍必誅莊賈孫武行令亦斬宮嬪守珪軍令若行禄山不宜免死及到中書九齡與語久之因奏曰禄山狼子野心而有逆相臣請因罪戮之兾絶後患玄宗曰卿勿以王夷甫識石勒之意誤害忠良更加官爵放歸本道至武德初玄宗在成都思九齡之先覺詔曰正大厦者柱石之力昌帝業者輔相之臣生則保其

雄名殁則稱其盛德飾終未允於人望加贈實存於
國章故中書令張九齡維岳降神濟川作相開元之
際寅亮成功讜言定於社稷先覺合於蓍龜永懷賢
弼可謂大臣竹帛猶存樵蘇必禁爰從八命之秩更
重三台之位可賜司徒仍令遣使就韶州致祭者

規諫第二

太宗射猛獸於苑内有羣豕突出林中太宗引弓射之
四發殪四豕有一雄豕直來衝馬吏部尚書唐儉下

馬搏之太宗拔劒斷豕顧而笑曰天策長史不見上將擊賊耶何懼之甚儉對曰漢祖以馬上得之不以馬上理之陛下以神武定四方豈復逞雄心於一獸

太宗善之因命罷獵

太宗有人言尚書令史多受賂者乃密遣左右以物遺之司門令史果受絹一疋太宗將殺之裴矩諫曰陛下以物試之遽行極法使彼陷於罪恐非道德齊禮之義乃免

太宗嘗罷朝自言殺却此田舍漢文德皇后問誰觸忤陛下太宗曰魏徵每庭辱我使我常不得自由皇后退朝服立於庭太宗驚曰何為若是對曰妾聞主聖臣忠今陛下聖明故魏徵得盡直言妾備後宮焉敢不賀於是太宗意乃釋

張玄素貞觀初太宗聞其名召見訪以理道玄素曰臣觀自古以來未有如隋室喪亂之甚豈非其君自專其法日亂向使君虛受於上臣弼違於下豈至於此

且萬乘之主欲使自專庶務日斷十事而有五條不中者何況萬務乎以日繼月乃至累年乖謬既多不亡何待陛下若近鑒危亡日慎一日堯舜之道何以加之太宗深納之

太宗幸九成宮還京有宮人憩湋川縣官舍俄而李靖王珪至縣官移宮人於別所而舍靖珪太宗聞之怒曰威福豈由靖等何為禮靖等而輕我宮人即令按驗湋川官屬魏徵諫曰靖等陛下心膂大臣宮人皇

后賤隷論其委任事理不同又靖等出外官吏做闕

庭法式朝覲陛下問人間疾苦靖等自當與官吏相

見官吏亦不可不謁也至於宮人供養之外不合參

承若以此加罪恐不益德音駭天下耳目太宗曰公

言是遂捨不問

谷那律貞觀中為諫議大夫褚遂良呼為九經庫永徽

中嘗從獵途中遇雨高宗問油衣若為得不漏那律

曰能以瓦為之不漏也意不為畋獵高宗深賞焉賜

鄜律絹帛二百疋

魏知古性方直景雲末為侍中玄宗初即位獵于渭川時知古從駕因獻詩以諷曰嘗聞夏太康五弟訓禽荒我后來冬狩三驅盛禮張順時鷹隼擊講事武功揚奔走未及翻飛豈暇翔螿熊從渭水瑞翟相陳倉此欲誠難縱兹遊不可常子雲陳羽獵僖伯諫漁棠得失鑒齊楚仁恩念禹湯邕熙諒在宥亭毒匪多傷庚申令為史虞箴遂孔彰手詔褒美賜物五十段

後兼知吏部尚書典選事深為稱職所薦用人遂咸
至大官

大唐新語卷一

欽定四庫全書

大唐新語卷二

唐 劉肅 撰

極諫第三

武德初萬年縣法曹孫伏伽上表以三事諫其一曰陛下貴為天子富有天下凡曰蒐狩須順四時陛下二十日龍飛二十一日獻鷂雛者此乃前朝之敝風少年之事務何忽今日行之又聞相國叅軍盧牟子獻

琵琶長安縣丞張安道獻弓箭頻蒙賞賚但普天之下莫非王土率土之濱莫非王臣陛下有所欲何求不得陛下所少豈此物乎其二曰百戲散樂本非正聲此謂淫風不可不改其三曰太子諸王左右羣僚不可不擇願陛下納選賢才以為僚友則克崇磐石永固維城矣高祖覽之悅賜帛百疋遂拜為侍書御史

高祖即位以舞胡安叱奴為散騎侍郎禮部尚書李綱

諫曰臣按周禮均工樂胥不得叅士伍雖復才如子野妙等師襄皆終身繼代不改其業故魏武帝欲使禰衡擊鼓乃解朝衣裸體而擊之問其故對曰不敢以先王法服而為伶人衣也惟齊高緯封曹妙達為王授安馬駒為開府有國家者俱為殷鑒今天下新定開太平之運起義功臣行賞未遍高才碩學猶滯草萊而先令舞胡致位五品鳴玉曳組趨馳廊廟固非創業規模貽厥子孫之道高祖竟不能從

蘇長武德四年王世充平後其行臺僕射蘇長以漢南歸順高祖責其後服長稽首曰自古帝王受命為逐鹿之喻一人得之萬夫斂手豈有獲鹿之後忿同獵之徒問爭肉之罪也高祖與之有舊遂笑而釋之後從獵於高陵是日大獲陳禽於旌門高祖顧謂群臣曰今日畋樂乎長對曰陛下畋獵薄廢萬機不滿十旬未有大樂高祖色變既而笑曰狂態發耶對曰為臣私計則狂為陛下國計則忠矣嘗侍宴披香殿酒

酣奏曰此殿隋煬帝之所作耶何雕麗之若是也高
祖曰卿好諫似直其心實詐豈不知此殿是吾所造
何須詭疑是煬帝乎對曰臣實不知但見傾宮鹿臺
琉璃之瓦並非受命帝王節用之所為也若是陛下
所造誠非所宜臣昔在武功幸嘗陪侍見陛下宅宇纔
蔽風霜當此時亦以為足且亡隋之侈人不堪命數
歸有道而陛下得之實謂懲其奢淫不忘儉約今於
隋宮之内又加雕飾欲撥其亂寧可得乎高祖每優

容之前後匡諫諷刺多所弘益

張𤣥素為給事中貞觀初修洛陽宮以備巡幸上書極諫其畧曰臣聞阿房成秦人散章華就楚衆離及乾陽畢功隋人解體且陛下今時功力何異昔日役瘡痍之人襲亡隋之弊以此言之恐甚於煬帝深願陛下思之無為由余所笑則天下幸甚太宗曰卿謂我不如煬帝何如桀紂𤣥素對曰若此殿卒興所謂同歸於亂且陛下初平東都太上皇勑高門大殿並宜

焚毀陛下以尾木可用不宜焚灼請賜與貧人事雖不行天下稱為至德今若不遵舊制即是隋役復興五六年間取舍頓異何以昭示萬姓光敷四海太宗曰善賜采三百疋魏徵歎曰張公論事遂有迴天之力可謂仁人之言其利溥哉

馬周太宗將幸九成宮上疏諫曰伏見明勅以二月二日幸九成宮臣竊惟太上皇春秋已高陛下宜朝夕侍膳晨昏起居今所幸宮去京二百餘里鑾輿動軔

俄經旬日非可朝行暮至也脫上皇情或思感欲見
陛下者將何以赴之且車駕今行本意只為避暑則
上皇尚留熱處而陛下自遂涼處溫凊之道臣切不
安文多不載太宗稱善

皇甫德參上書曰陛下脩洛陽宮是勞人也收地租是
厚歛也俗尚高髻是宮中所化也太宗怒曰此人欲
使國家不收一租不役一人宮中無髮乃稱其意魏
徵進曰賈誼當漢文之時上書云可為痛哭者三可

為長歎者五自古上書率多激切若非激切則不能
服人主之心激切即似訕謗所謂狂夫之言聖人擇
焉惟在陛下裁察不可責之否則於後誰敢言者乃
賜絹二十疋命歸
徐充容太宗造玉華宮於宜君縣諫曰妾聞為政之本
貴在無為切見土木之功不可兼遂北闕初建南營
翠微曾未逾時玉華創制雖復因山藉水非架築之
勞損之又損頗有無功之費終以茅茨示約猶興木

石之疲假使和雇取人豈無煩擾之弊是以卑宮菲食聖主之所安金屋瑤臺驕主之作麗故有道之君以逸逸人無道之君以樂樂身願陛下使之以時則力不竭不用而息之則人胥悅矣詞多不盡載充容名惠孝德之女堅之姑也文彩綺麗有若生知太宗崩哀慕而卒時人傷異之

房玄齡與高士廉偕行遇少府少監竇德素問之曰北門近來有何營造德素以聞太宗太宗謂玄齡士廉

曰卿但知南衙事我北門小小營造何妨卿事玄齡
等拜謝魏徵進曰臣不解陛下責亦不解玄齡等謝
既任大臣即陛下股肱耳目有所營造何容不知責
其訪問官司臣所不解陛下所為若是當助陛下成
之所為若非當奏罷之此乃事君之道玄齡等問既
無罪而陛下責之玄齡等不識所守臣實不喻太宗
深納之
總章中高宗將幸涼州時隴右虛耗議者以為非便高

宗聞之召五品已上謂曰帝五載一巡狩群后肆朝此蓋常禮朕欲暫幸涼州如聞中外咸謂非宜宰臣已下莫有對者詳刑大夫來公敏進曰陛下巡幸涼州宣王畧求之故實未虧令典但隨時度事臣下竊有所疑既見明勑施行所以不敢陳黷奉勑顧問敢不盡言伏以高麗雖平扶餘尚梗西道經畧兵猶未停且隴右諸州人户寡少供待車駕備覺艱難臣聞中外實有竊議高宗曰既有此言我止度隴存問故

老蒐狩即還遂下詔停西幸擢公敏為黄門侍郎

袁利貞為太常博士高宗將會百官及命婦於宣政殿并設九部樂利貞諫曰臣以前殿正寢非命婦宴會之地象闕路門非倡優進御之所望請命婦會於別殿九部樂從東門入散樂一色伏望停省若於三殿別所自可備極恩私高宗即令移於麟德殿至會日使中書侍郎薛元超謂利貞曰卿門傳忠鯁能獻直言不加厚賜何以奬勸賜綵百疋遷祠部員外

李君球高宗將伐高麗上疏諫曰心之痛者不能緩聲事之急者不能安言性之忠者不能隱情且食君之祿者死君之事今臣食陛下之祿其敢愛身乎臣聞司馬法曰國雖大好戰必亡天下雖平忘戰必危兵者凶器戰者危事故聖主重行之也畏人力之盡恐府庫之殫懼社稷之危生中國之患且高麗小醜潛藏山海得其人不足以彰聖化棄其地不足以損天威文多不載疏奏不報

中書令郝處俊高宗將下詔遜位于則天攝知國政召宰臣議之處俊對曰禮經云天子理陽道后理陰德然則帝之與后猶日之與月陰之與陽各有所主不相奪也若失其序上則謫見于天下則禍成于人昔魏文帝著令崩後尚不許皇后臨朝柰何遂欲自禪位於天后況天下者高祖太宗之天下非陛下之天下正合謹守宗廟傳之子孫不可持國與人有私於后惟陛下詳審中書侍郎李義琰進曰處俊所引經

典其言至忠惟聖慮無疑則蒼生幸甚高宗乃止及
天后受命處俊已殁孫象竟被族誅始則天以權變
多智高宗將排群議而立之及得志威福並作高宗
舉動必為掣肘高宗不勝其忿時有道士郭行真出
入宮掖為則天行厭勝之術内侍王伏勝奏之高宗
大怒密召上官儀廢之因奏天后專恣海内失望請
廢黜以順天心高宗即令儀草詔左右馳告則天遽
訴詔草猶在高宗恐其怨懟待之如初且告之曰此

並上官儀教我則天遂誅儀及伏勝等并賜太子忠
死自是政歸武后天子拱手而已竟移龜鼎焉
周興來俊臣羅織衣冠朝野懼慴御史大夫李嗣真上
疏諫曰臣聞陳平事漢祖謀踈楚之君臣乃用黄金
七十斤行反間之術項羽果疑臣下陳平之計遂行
今告事紛紜虚多實少如當有凶慝焉知不先謀踈
陛下君臣後除國家良善臣恐有社稷之禍伏乞陛
下迴思遷慮察臣狂瞽然後退就鼎鑊實無所恨臣

得殁為忠鬼孰與存為諂人如羅織之徒即是疎間之漸陳平反間其遠乎哉遂為俊臣所搆放于嶺表俊臣死徵還途次桂陽而終贈濟州刺史中宗朝追復本官

宗楚客兄秦客潛勸則天革命累遷內史後以贓罪流于嶺南而死楚客無他材能附會武三思神龍中為中書舍人時西突厥阿史那忠節不和安西都護郭元振奏請徙忠節於内地楚客與弟晉卿及紀處訥

等納忠節厚賂請發兵以討西突厥不納元振之奏
突厥大怒舉兵入寇甚為邊患監察御史崔琬劾奏
楚容等曰臣聞四牡項領良御不乘二心事君明罰
無捨謹按宗楚客紀處訥等性唯險詖志越谿壑幸
以遭遇聖主累忝殊榮承愷悌之恩居弼諧之地不
能刻意砥操憂國如家微効涓塵以裨川岳遂乃專
作威福敢樹朋黨有無君之心闕大臣之節潛通獫
狁納賄易貲公引頑凶受賂無限醜聞充斥穢蹟昭

彰且境外交通情狀難測今娑葛反叛邊鄙不寧由
此贓私取怨外國論之者取禍以結舌語之者避罪
而鉗口晉卿昔居榮職素闕忠誠屢冒嚴刑皆由黷
貨今又叨忝頻沐殊恩厚禄重權當朝莫比曾無悛
改乃狥贓私此而容之孰云其可臣謬忝公直義在
觸邪請除巨蠹以荅大造中宗不從遽令與琬和解
俄而韋氏敗楚客等咸誅
蘇安恒博學尤明周禮左氏長樂二年上疏諫請復子

明辟其詞曰臣聞忠臣不順時而取寵烈士不惜死
而偷生故君道不明忠臣之過臣道不軌烈士之罪
今太子年德俱盛陛下貪其寳位而忘母子之恩蔽
太子之元良據太子之神器何以教天下母慈子孝
焉能使天下移風易俗惟陛下思之將何顔面以見
唐家宗廟將何誥命以謁大帝墳陵疏奏不納魏元
忠為張易之所構安恒又申理之易之大怒將殺之
賴朱敬則桓範等保䕶獲免後坐節愍太子事下獄

死睿宗即位下詔曰蘇安恒文學立身鯁直成操往年陳疏忠讜可嘉屬回邪擅權奄從非命興言軫悼用惻于懷可贈諫議大夫

張柬之既遷則天于上陽宫中宗猶以皇太子監國告武氏之廟時累日陰翳侍御史崔渾奏曰方今國命初復正當徽號稱唐順萬姓之心柰何告武氏廟廟宜毀之復唐鴻業天下幸甚中宗深納之制命既行陰雲四除萬里澄廓咸以為天人之應

武三思得幸於中宗京兆人韋月將等不堪憤激上書告其事中宗惑之命斬月將黄門侍郎宋璟執奏請按而後刑中宗愈怒不及整衣履岸巾出側門迎謂璟曰朕以為已斬矣何以緩之命促斬璟曰人言宮中私於三思陛下竟不問而斬臣恐有竊議國故請按而後刑中宗大怒璟曰請先斬臣不然終不奉詔乃流月將于嶺南尋使人殺之

柳渾睿宗朝太平公主用事奏斜封官復舊職上疏諫

曰藥不毒不可以觸疾詞不切不可以裨過是以習甘旨者非攝養之方通諛佞者積危殆之本陛下即位之初納姚崇之計咸黜斜封近日又命斜封是斜封之人不忍棄也先帝之意不可違也若斜封之人不忍棄是韋月將燕欽融之流不可褒贈李多祚鄭克義之徒不可清雪陛下何不能忍於此而獨忍於彼使善惡不定反覆相攻致令君子道消小人道長為正者銜冤附僞者得志將何以止奸邪將何以懲

風俗耶曆宗遂從之因而擢渾拜監察御史
倪若水為汴州刺史玄宗嘗遣中官往淮南採捕鵁鶄
及諸水禽上疏諫曰方今九鳸時忙三農並作田夫
擁耒蠶婦持桑而以此時採捕奇禽異鳥供園池之
翫遠自江嶺達于京師力倦擔負食之以魚肉間之
以稻糧道路觀者莫不言陛下賤人而貴鳥陛下當
以鳳凰為凡鳥麒麟為凡獸則鵁鶄鸂鶒之類曷足
貴也陛下昔龍潛藩邸備歷艱危今氛祲廓清高居

九五玉帛子女充於後庭職貢珍奇盈於内府過此之外又何求哉手詔荅曰朕先使人少取雜鳥所使不識朕意將鳥稍多卿具奏之詞誠忠懇深稱朕意卿達識周材義方敬直故輟綱轄之重以處方面之權果能閑邪存誠守節彌固骨鯁忠直遇事無隱言念忠讜深用喜慰今賜卿物四十段用荅至言

安禄山天寶末請以蕃將三十人代漢將玄宗宣付中書令即日進呈韋見素謂楊國忠曰安禄山有不臣

之心暴於天下令又以蕃將代漢其反明矣遽請對
玄宗曰卿有祿山之意耶見素趨下殿涕泗且陳祿
山反狀詔令復位因以祿山表留上前而出俄又宣
詔曰此之一奏姑容之朕徐為圖矣見素自此後每
對見即言其事曰臣有一策可銷其難請以平章事
追之玄宗許為草詔訖中留之遣中使輔璆琳送柑
子且觀其變璆琳受賂而還因言無反狀玄宗謂宰
臣曰必無二心詔本朕已焚矣後璆琳納賂事洩因

祭龍堂記事撲殺之十四年遣中使馬承威賫璽書
召祿山曰朕與卿修得一湯故召卿至十月朕待卿
于華清宮承威復命泣曰臣幾不得生還祿山見臣
進宣旨踞床不起但云聖體安穩否遽令送臣於别
館數日然後免難至十月九日反於范陽以誅國忠
為名蕩覆二京竊弄神器迄今五十餘年而兵未戢
易曰履霜堅冰所由者漸向使師尹竭股肱之力武
夫効腹心之誠則猪突豨勇亦何能至失於中策寧

在人謀痛哉

剛正第四

韋仁約彈右僕射褚遂良出為同州刺史遂良復職黜仁約為清水令或慰勉之仁約對曰僕守狂鄙之性假以雄權而觸物便發丈夫當正色之地必明目張膽然不能碌碌為保妻子也時武衛將軍田仁會與侍御史張仁禕不協而誣奏之高宗臨軒問仁禕仁禕惶懼應對失次仁約歷階而進曰臣與仁禕連曹

頗知事由仁禕懦而不能自理若仁會眩惑聖聽致仁禕非常之罪則臣事陛下不盡臣之恨矣請專對其狀詞辯縱横音旨朗暢高宗深納之乃釋仁禕仁約在憲司於王公卿相未嘗行拜禮人或勸之荅曰鵰鶚鷹鸇豈衆禽之偶柰何設拜以狎之且耳目之官固當獨立耳後為左丞奏曰陛下為官擇人非其人則闕今不惜美錦令臣製之此陛下知臣之深矣亦欲臣盡命之秋振舉綱目朝廷肅然

李義府恃恩放縱婦人淳于氏有容色坐繫大理乃托
大理丞畢正義曲斷出之或有告之者詔劉仁軌鞫
之義府懼謀洩縊正義於獄侍御史王義方將彈之
告其母曰奸臣當路懷禄而曠官不忠老母在堂犯
難以危身不孝進退惶惑不知所從母曰吾聞王陵
母殺身以成子之義汝若事君盡忠立名千載吾死
不恨焉義方乃備法冠横玉階彈之先叱義府令下
三叱乃出然後跪宣彈文曰臣聞春鸎鳴於獻歲蟋

蟀吟於始秋物有微而應時士有賤而言忠者乃庭劾義府曰臣聞誣下罔上聖主之所宜誅心狠貌恭明時之所必罰是以隱賊掩義不容唐帝之朝竊幸乘權終甾漢皇之劍中書侍郎李義府因緣際會遂階通職不盡忠竭節對揚王休策蹇勵駑祗奉皇眷而乃憑附城社蔽虧日月託公行私交游群小貪冶容之美原有罪之淳于恐漏泄其謀殄無辜之正義挾山超海之力望此猶輕迴天轉地之威方斯更烈

此而可恕孰不可容方當金風屆節玉露啟塗霜簡與秋典共清忠臣將鷹鸇並擊請除君側少荅鴻私碎首玉階庶明臣節高宗以義方毀辱大臣言詞不遜貶萊州司户秩滿于昌樂聚徒教授母亡遂不復仕進總章二年卒撰筆海十卷門人何彥先員半千制師服三年喪畢而去

李昭德則天朝諛佞者必見擢用有人於洛水中獲白石有數點赤詣闕請進諸宰臣詰之其人曰此石赤

心所以進昭德叱之曰洛水中石豈盡反耶左右皆失笑昭德建立東都羅城及尚書省洛水中橋人不知其役而功成就除數凶人大獄遂罷以正直庭諍為皇甫文所構與來俊臣同日棄市國人懽憾相半哀昭德而快俊臣也

魏元忠以摧辱二張反為所構云結少年欲奉太子則天大怒下獄勘之易之引張說為證召大臣令元忠與易之說等定是非說佯氣逼不應元忠懼謂說曰

張說與易之共羅織魏元忠耶說叱曰魏元忠爲宰相而有委巷小兒羅織之言豈大臣所謂則天又問說以元忠不軌狀說曰臣不聞也易之遽曰張說與元忠同逆則天問其故易之曰說往時謂元忠居伊周之地臣以伊尹放太甲周公攝成王之位此其狀也說奏曰易之昌宗大無知所言伊周徒聞其語耳詎知伊周爲臣之本末元忠初加拜命授紫綬臣以郎官拜賀元忠曰無尺寸功而居重任不勝畏懼臣

曰公當伊周之任何愧三品然伊周歷代書為忠臣
陛下不遣臣學伊周使臣將何所學說又曰易之以
臣宗室故託為黨然附易之有台輔之望附元忠有
族滅之勢臣不敢面欺亦懼元忠冤魂耳遂焚香為
誓元忠免死流放嶺南

張易之昌宗方貴寵用事潛相者言其當王險薄者多
附會之長安末右衛西衛有牓云易之兄弟長孫汲
裴安立等謀反宋璟時為御史中丞奏請窮治其狀

則天曰易之已有奏聞不可加罪璟曰易之為飛書所逼窮而自陳且謀反大逆法無容免請勒就臺勘當以明國法易之等久蒙驅使分外承恩臣言發禍從即入鼎鑊然義激於心雖死不恨則天不悅內史楊再思遽宣勑命令璟出璟曰天顔咫尺親奉德音不煩宰臣擅宣王命左拾遺李邕歷階而進曰宋璟所奏事關社稷望陛下可其所奏則天意稍解乃傳命令易之就臺推問斯須特勑原之仍遣易之昌宗

就璟辭謝拒而不見令使者謂之曰公事當公言之私見即法有私也璟謂左右恨不先打豎子腦破而令混亂國經吾負此恨時朝列呼易之昌宗為五郎六郎璟獨以卿呼之天官侍郎鄭杲謂璟曰中丞柰何喚五郎為卿璟曰鄭杲何庸之甚若以官秩正當卿號若以親故當為張五郎六郎矣足下非張氏家僮號五郎六郎何也杲大慙而退

宋璟則天朝以頻論得失內不能容而憚其公正乃勑

璟往揚州推按奏曰臣以不才叨居憲府按州縣乃監察御史事耳今非意差臣不識其所由請不奉制無何復令按幽州都督屈突仲翔璟復奏曰御史中丞非軍國大事不當出使且仲翔所犯贓汚耳今高品有侍御史卑品有監察御史今勑臣恐非陛下之意當有危臣請不奉制月餘優詔令副李嶠使蜀嶠喜召璟曰叨奉渥恩與公同謝璟曰恩制示禮數不以禮遣璟璟不當行遂不謝乃上言曰臣以憲司位

居獨坐今隴蜀無變不測聖意令臣副嶠何也恐乖
朝廷故事請不奉制易之等譖璟出使當別以事誅
之既不果伺璟家有婚禮將刺殺之有密以告者璟
乘事舍于他所乃免易之尋伏誅

薛懷義承寵遇則天俾之改姓云是駙馬薛紹再從叔
或俗人號為薛師猖狂恃勢多度膂力者為僧潛圖
不軌殿中侍御史周矩奏請按之則天曰不可矩固
請則天曰卿去矣朕即遣來矩至臺薛師亦至蹋堦

下馬但坦腹於床將按之薛師躍馬而去遽以聞則天則天曰此道人患風不須苦問所度僧任卿窮按其事諸僧流遠惡州矩後竟為薛師之所搆下獄死

則天朝契丹寇河北武懿宗將兵討之畏懦不進比賊退散後乃奏滄瀛等州詿誤者數百家左拾遺王永禮廷折之曰素無良吏教習城池又不完固遇賊畏懼苟從之以求生豈其素有背叛之心耶懿宗擁兵數萬聞賊輒退走失城邑罪當誅戮今乃移禍草澤

詿誤之人以自解豈為臣之道請斬懿宗以謝河北百姓懿宗惶懼諸詿誤者悉免

中宗朝鄭普思承恩寵而潛圖不軌蘇瓌奏請按之以司直范獻忠為判官瓌奏收普思普思妻得幸於韋庶人持勅於御前對中宗屢抑瓌而理普思應對頗不中獻忠歷階而進曰臣請先斬蘇瓌中宗問其故對曰蘇瓌國之大臣荷榮貴久矣不能先斬逆賊而後聞令使其眩惑天聽搖動刑柄而普思反狀昭露

陛下為其申理此其反者不死今聖躬萬福豈有天耶臣請死終不能事普思獄乃定朝廷咸壯之

中宗反正纔月餘而武三思居中用事皇后韋氏頗干朝政如則天故事桓彥範奏曰伏見陛下每臨朝聽政皇后必施帷幔坐於殿上參聞政事愚臣歷選列辟詳求往代帝王有與婦人謀及政事者無不破國亡家傾宗壞治以陰干陽違天也以婦凌夫違人也違天不祥違人不義書稱牝雞之晨惟家之索易曰

無攸遂在中饋言婦人不得干政也伏願陛下覽古
人之言以蒼生為念不宜令皇后往正殿干外朝專
在中宫聿修陰教則坤儀式叙鼎命惟新矣疏奏不
納又有故僧惠範山人鄭普思葉靜能等並挾左道
出入宫禁彦範等切諫並不從後彦範等反及禍
桓彦範等既匡復帝室勲烈冠古武三思害其公忠將
誣以不軌誅之大理丞李朝隱請問明狀卿裴譚附
會三思異朝隱判竟坐誅譚遷刑部尚書侍御史李

祥彈之曰異李朝隱一判破桓敬等五家附會三思
狀驗斯在天下聞者莫不寒心刑部尚書從此而得
畧無迴避朝議壯之祥解褐監亭尉因校考為録事
叅軍所擠排祥趨入謁刺史曰録事恃糺曹之權祥
當要居之地為其妄褒貶耳使祥秉筆頗亦有詞刺
史曰公試論録事狀遂援筆曰怯斷大案好勾小稽
隱自不清疑他總濁階前兩競鬬困方休獄裏囚徒
非赦不出天下以為譚笑之最矣

宗楚客與弟晉卿及紀處訥等恃權勢朝野岳牧除拜
多出其門百寮惕懼莫敢言者監察御史崔琬不平
之乃具法冠陳其罪狀請收按問中宗不許明日又
進密狀乃降勑曰卿列霜簡忠在觸邪遂能不懼權
豪便有彈射眷言稱職深領乃誠然楚客等大臣須
存禮度朕識卿姓名知卿鯁直但守至公勿有迴避
自此朝廷相謂曰仁者必有勇其崔公之謂歟累遷
刑部郎中琬兄璆以孝友稱歷刑部員外揚州司馬

丁母憂晝夜哀號水漿不入於口不勝喪而卒

陸大同為雍州司田時安樂公主韋溫等侵百姓田業大同盡斷還之長吏懼勢謀出大同會將有事南郊時已十月長吏乃舉牒令大同巡縣勸田疇冀他判司搖動其按也大同判云南郊有事北陸已寒丁不在田人皆在室此時勸課切恐煩勞長吏益不悅乃奏大同為河東令尋復為雍州司倉長吏新興王晉附會太平公主故多阿黨大同終不從因謂大同曰

雍州判佐不是公官公何為不別求好官大同曰某無身材但守公直素無廊廟之望唯以雍州判佐為好官晉不能屈大同闔門雍睦四從同居法言即大同伯祖也

李令質為萬年令有富人同行盜繫而按之駙馬韋擢策馬入縣救盜者令質不從擢乃譖之於中宗中宗怒臨軒召見舉朝為之恐懼令質奏曰臣必以韋擢與盜非親非故故當以貨求耳臣豈不懼擢之勢但

申陛下法死無所恨中宗怒解乃釋之朝列賀之曰
設以獲譴流於嶺南亦為幸也

大唐新語卷二

大唐新語卷三

唐　劉肅　撰

公直第五

唐方慶武德中為察非掾太宗深器重之引與六月同事方慶辭曰臣母老請歸養太宗不之逼貞觀中以為藁城令孫襲秀神龍初為監察御史時武三思誣桓敬等反又稱襲秀與敬等有謀至是為侍御史冉

祖雍所按辭理竟不屈或報祖雍云適有南使至云桓敬已死龔秀聞之泫然流涕祖雍曰桓彦範負國刑憲今已死矣祖雍按足下事意未測聞其死乃對雍流涕何也龔秀曰桓彦範自負刑憲然與龔秀有舊聞其死豈不傷耶祖雍曰足下下獄聞諸弟俱縱酒而無憂色何也龔秀曰龔秀何負於國家但於桓彦範有舊耳公若盡殺諸弟不知矣如獨殺龔秀恐明公不得高枕而卧祖雍色動握其手曰請無慮當

活公乃善為之辭得不坐

陸德明受學於周宏正善言玄理王世充僭號署為散騎侍郎王令子師之將行束修之理德明服巴豆散卧東壁下充之子入跪床下德明佯紿之痢竟不與語遂移病成臯及入朝太宗引為文館學士使閻立本寫真形褚亮為之讚曰經術為貴玄風可師勵學非遠通儒在茲終於國子博士

李密既降徐勣尚守黎陽倉謂長史郭恪曰魏公既歸

于唐我士衆土地皆魏公之有也吾若上表獻之即是自邀富貴吾所恥也今宜具録以啓魏公聽公自獻則魏公之功也及使至高祖聞其表甚恠之使者具以聞高祖大悦曰徐勣盛德推功真忠臣也即授黎州總管賜姓李氏

貞觀中太宗謂褚遂良曰卿知起居注記何事大抵人君得觀之否遂良對曰今之起居古之左右史書人君言事且記善惡以為檢戒庶乎人主不為非法不

聞帝王躬自觀史太宗曰朕有不善卿必記之耶遂良曰守道不如守官臣職當載筆君舉必記劉洎進曰設令遂良不記天下之人皆記之矣

太宗謂侍臣曰朕戲作艷詩虞世南便諫曰聖作雖工體制非雅上之所好下必隨之此文一行恐致風靡而今而後請不奉詔太宗曰卿懇誠若此朕用嘉之群臣皆若世南天下何憂不理乃賜絹五十疋先是梁簡文帝為太子好作艷詩境内化之浸以成

之宮體晚年攺作追之不及乃令徐陵撰
大其體永興之諫頗因故事
竇靜為司農卿趙元楷為少卿靜頗方直甚不悦元楷
之為官屬大會謂元楷曰如隋煬帝意在奢侈竭四
海以奉一人者司農須公矣方今聖上躬履節儉屈
一人以安兆庶司農何用於公哉元楷赧然而退初
太宗既平突厥徙其部衆於河南靜上疏極諫以為
不便又請太原置屯田以省饋餉皆有宏益

文德皇后崩未除喪許敬宗以言笑獲譴及太宗梓宮
在前殿又垂臂過侍御史閻玄正彈之曰敬宗往居
先后喪已坐言笑黜今對大行梓宮又垂臂無禮敬
宗懼獲罪高宗寢其奏事雖不行時人重其剛正

劉仁軌為左僕射暮年頗以言詞取悦訴者户部員外
魏克己斷案多為仁軌所異同克己執之曰異方之
樂不入人心秋蟬之聲徒聒人耳仁軌怒焉罵之曰
癡漢克己俄遷吏部侍郎

則天朝豆盧欽望為丞相請輟京官九品已上兩月日
俸以贍軍轉帖百司令拜表群臣俱赴拜表而不知
事由拾遺王求禮謂欽望曰群官見帖即赴竟不知
拜何所由既以輟俸供軍而明公禄厚俸優輟之可
也卑官貧迫柰何不使其知而欺奪之豈國之柄耶
欽望怒色而拒之表既奏求禮歷階進曰陛下富有
四海足以儲軍國之用何藉貧官九品之俸而欽望
欺奪之臣竊不取納言姚璹前進曰秦漢皆有稅筭

以贍軍求禮不識大體妄有爭議求禮曰秦皇漢武稅天下使空虛以事邊柰何使聖朝倣習之姚璹言臣不識大體不知璹言是大體耶遂寢

魏元忠男昇娶滎陽鄭遠女昇與節愍太子謀誅武三思廢韋庶人不克為亂兵所害元忠坐繫獄遠以此乃就元忠求離書今日得離書明日改醮殿中侍御史麻察不平之草狀彈曰鄭遠納錢五百萬將女易官先朝以元忠舊臣操履堅正豈獨尚茲賢行實欲

榮其姻戚遂起復授遠河内縣令遠子良解褐洛州
叅軍既連婚國相父子崇赫迨元忠下獄遂誘和離
今日得書明日改醮且元忠官歷三朝榮躋十等雖
金精屢鑠而玉色常温遠胄雖叅華身實凡品若言
齊鄭非偶不合結縭既氷玉交歡理資同穴而下山
之失未遠御輪之聟已周不聞寄死託孤見危授命
斯所謂滓穢流品點辱衣冠而乃延首靦顔重塵清
鑒九流選敘須有淄澠四裔遐陬宜從擯斥雖渥恩

周洽刑罰免加而名教所先理資懲革請裁以憲網
禁錮終身遠從此廢弃朝野咸賞察之公直
來俊臣棄故妻奏娶太原王慶詵女俟思正亦奏娶趙
郡李自挹女勑正事商量内史李昭德撫掌謂諸宰
曰大可笑大可笑諸宰問故昭德曰往年來俊臣賊
劫王慶詵女已太辱國今日此奴又請索李自挹女
乃復辱國耶遂寢思正竟為昭德所奏搒殺之
長安末諸酷吏並誅死則天悔於枉濫謂侍臣曰近者

朝臣多被周興與來俊臣推勘遞相牽引咸自承伏
國家有法朕豈能違中間疑有濫者更使近臣就獄
推問得報皆自承引朕不以為疑即可其奏自周興
俊臣死更不聞有反逆者是已前就戮者豈不有寃
濫耶夏官侍郎姚崇對曰自垂拱已後被告身死破
家者皆枉酷自誣而死告事者特以為功天下號為
羅織甚於漢之黨錮陛下令近臣就獄問者近臣亦
不自保何敢輒有動摇賴上天降靈聖情發寤誅滅

凶悍朝庭宴安今日已後微軀及一門百口保見在内外官吏無反逆者則天大悦曰已前宰相皆順成其事陷朕為滛刑之主聞卿所説甚合朕心乃賜銀一千兩

景龍中中宗嘗遊興慶池侍宴者遞起歌舞并唱迴波詞方欲以求官爵給事中李景伯亦起舞歌曰迴波詞持酒巵微臣職在箴規侍宴既過三爵諠譁竊恐非儀於是宴罷

安樂公主恃寵奏請昆明池以為湯沐中宗曰自前代
已來不以與人不可安樂於是大役人夫掘其側為
池名曰定昆池池成中宗韋庶人皆往宴焉令公卿
已下咸賦詩黄門侍郎李日知詩曰但願暫思居者
逸無使時傳作者勞後睿宗登位謂日知曰朕當時
亦不敢言非卿忠正何能如此俄拜侍中
景龍末朝綱失敘風教既替公卿大臣初拜命者例許
獻食號為燒尾時蘇瓌拜僕射獨不獻食後因侍讌

宗晋卿謂瓌曰拜僕射竟不燒尾豈不喜乎中宗默然瓌奏曰臣聞宰相主調陰陽代天理物今粒食湧貴百姓不足臣見宿衛兵至有三日不得食者臣愚不稱職所以不敢燒尾晋卿無以對

中宗暴崩秘不發喪韋庶人親總庶政召宰相韋巨源等一十一人入禁中會議遺詔令韋庶人輔少主知政事授相王太尉參謀輔政宗楚客謂韋温曰今皇太后臨朝宜停相王輔政且太后於諸王居嫂叔之

地難為儀注是詔理全不可蘇瓌獨正色拒之謂楚客等曰遺詔是先帝意安可更改楚客温等大怒遂削相王輔政語乃宣行之

𤣥宗命宋璟製諸王及公主邑號續遣中使宣詔令更作一佳號璟奏曰七子均養鳲鳩之德至錫名號不宜有殊今奉此旨恐母寵子異非正家國之大訓王化之所宜不敢奉詔𤣥宗從之

蘇瓌開元七年五月己丑朔日有蝕之𤣥宗素服素冠

撤樂減膳省囚徒多所原放水旱地皆賜賑恤不急之務一切停罷瓌與宋璟諫曰陛下頻降德音勤卹人隱令徒已下刑盡責保放惟流死等色則情不可寛此古人所以慎赦也恐言事者直以月蝕修刑日蝕修德或云分野應災祥冀合上旨臣以為君子道長小人道消女謁不行讒夫漸遠此所謂修德囹圄不擾甲兵不黷理官不以深苛軍將不以輕進此所謂修刑也若陛下常以此留念縱日月盈虧將因此

而致福又何患乎且君子恥言浮於行故曰予欲無言又曰天何言哉四時行焉百物生焉要以至誠動天不在制書頻下玄宗深納之

定安公主初降王同皎後降韋擢又降崔銑銑先卒及公主薨同皎子繇為駙馬奏請與其父合葬敕旨許之給事中夏侯銛駮曰公主初昔降婚梧桐半死逮乎再醮琴瑟兩亡則生存之時已與前夫義絶殂謝之日合從後夫禮葬今若依繇所請却祔舊姻但恐

魂而有知王同皎不納於幽壤死而可作崔詵必訴於玄天國有典章事難逾越銛謬膺駁正敢廢司存請傍移禮官以求指定朝廷咸壯之

玄宗將封禪泰山張說自定升山之官多引兩省工録及已之親戚中書舍人張九齡言於說曰官爵者天下之公器德望為先勞舊為次若顛倒衣裳則譏議起矣今登封霈澤千載一遇清流高品不沐殊恩胥吏末班先加章紱但恐制出之後四方失望今進草

之際事猶可改說曰事已決矣悠悠之談何足慮也

果為宇文融所劾

李輔國扈從肅宗棲止帷幄宣傳詔命自靈武列行軍司馬中外樞要一以委之及克京城後於銀臺門決事凡追捕先行後聞權傾朝野道路側目又求宰相肅宗謂之曰卿勲業則可公卿大臣不欲如之何又諷裴冕等速表薦己肅宗患之乃謂蕭華曰輔國求為宰相若公卿表來不得不與卿與裴冕蚤為之所

華出問晃晃曰初無此事臂可截也而表不為也復

命奏之上大悅

清廉第六

李襲譽江淮俗尚商賈不事農業及襲譽為揚州引雷陂

水又築句城塘以灌溉田八百餘頃襲譽性嚴整在

職莊肅素好讀書手不釋卷居家以儉約自處所得

俸禄散給宗親餘貲寫書數萬卷每謂子孫曰吾不

好貨財以至貧之京城有賜田一十頃耕之可以充

食河南有桑千樹事之可以充衣所寓得書可以求官吾歿之後爾曹勤此三事可以無求於人矣時論尤善之

鄭善果父誠周為大將軍討尉遲逈遇害善果性至孝篤慎大業中為魯郡太守母崔氏甚賢明曉正道嘗於閤中聽善果決斷聞剖析合理則悅處事不允則不與之言善果伏牀前終日不敢食母曰吾非怒汝乃愧汝家耳汝先君清恪以身徇國吾亦望汝及此

汝自童子承襲茅土今至方伯豈汝自能致之耶安可不思此事吾寡婦也有慈無威使汝不知教訓以負清忠之業吾死之日亦何面目見汝先君乎善果由是勵己清廉所蒞咸有政績煬帝以其儉素考為天下第一賞物千段黄金百兩入朝拜庶子數進忠言多所匡諫遷工部尚書正身奉法甚著勞績

馮立有武藝畧涉書記事隱太子太子誅左右悉逃散立歎曰豈有生受其恩而迯其難乃率兵犯玄武門

殺將軍敬君宏謂其徒曰微以報太子矣遂解兵而遁俄來請罪太宗數之曰汝既間搆我骨肉復出兵來戰殺我將士汝罪大也何以逃死對曰屈身事主期於効命當戰之日無所顧憚因歔欷悲不自勝太宗宥之立謂其所親曰逢莫大之恩終當以死奉荅俄而突厥至便橋立率數百人力戰殺獲甚衆太宗深嘉歎之出牧南海前後牧守率多貪冒蠻夷怨之數為叛逆立不營生業衣食取給而已嘗至貪泉歎

曰此吳隱之所酌泉也飲一盃何足道哉吾當汲而為食畢飲而去

裴炎有雅望於朝庭高宗臨崩與舅王德真俱受遺詔輔少主則天既臨朝廢中宗為廬陵王將行革命之事徐敬業舉兵於揚州時炎為內史示閒暇不急討則天潛察之下炎詔獄鳳閣侍郎胡元範劉齊賢等廷爭以炎忠鯁無反狀則天曰炎反有端顧卿不知耳範賢曰若裴炎反臣等亦反則天曰朕知裴炎反

知卿不反炎既誅範賢亦被廢黜炎將刑顧謂兄弟曰可憐官職並自得之炎無分毫遺今坐炎流竄矣炎雖官達而甚清貧收其家畧無積聚時人傷焉

楊嶠為祭酒謂人曰吾雖三品非不榮貴意常不逾疇昔一尉也時議重之嶠祖父休之事北齊執政將封為王以寵之休之固辭而謂人曰我非奴非獠何事封王邱

李日知為侍中頻乞骸骨詔許之初日知將欲陳請不

與妻謀及還飾裝將出居別業妻驚曰家室屢空子弟名宦未立何為辭職也日知曰書生至此已過分人情無厭若恣其心是無止足也

李懷遠久居榮位而好尚清簡宅舍屋宇無所增改嘗乘款段豆盧欽嘗謂之曰公榮貴如此何不買駿乘之答曰此馬幸免驚蹶無假別求聞者歎伏

馮履謙七歲讀書數萬言九歲能屬文自管城尉丁艱補河北尉有部人張懷道任河陽尉與謙疇舊餉一

鏡焉謙集縣吏遍示之咸曰維揚之美者甚嘉也謙
謂縣吏曰此張公所致也吾與之有舊雖親故不坐
著之章程吾効官但以俸禄自守豈私受遺哉昌言
曰清水見底明鏡照心余之効官必同於此復書於
使者乃歸之聞者莫不欽尚官至駕部郎中

盧懷慎其先范陽人祖父悊為靈昌令因家焉懷慎少
清儉廉約不營家業累居右職及秉鈞衡器用服飾
無金玉文繡之麗所得俸禄皆隨時分散而家無餘

蓄妻子不免匱乏及薨贈荆州大都督謚曰文成玄宗幸東都下詔曰故檢校黄門監盧懷慎衣冠重器廊廟周材訏謨當三傑之一學行揔四科之二等平津之輔漢同季文之相魯節隣於古儉實可師雖清白瑩然籯金非寶然妻孥貧窶儋石屢空言念平昔彌深軫悼宜䘏凌統之孤用旌晏嬰之德宜賜物一百段米粟二百石明年車駕還京師望見懷慎別業方營大祥齋憫其貧乏之即賜絹五百疋制蘇頲為之

碑仍御書焉子奐歷任以清白聞為陝郡太守開元二十四年玄宗還京師次陝城内賞其善政題賛於其廳事曰專城之重分陝之雄人多惠愛性實謙冲亦既利物存乎匪躬為國之寶不墜家風天寶初為晉陵太守嶺南利兼山海前後牧守贓污者多乃以奐為嶺南太守貪吏斂跡人庶愛之

大唐新語卷三

大唐新語卷四

唐 劉肅 撰

持法

戴冑有幹局明法令仕隋門下省録事太宗以為秦府椽常謂侍臣曰大理之職人命所懸當須妙選正人用心存法無過戴冑者乃以為大理少卿杜如晦臨終委冑以選舉及在銓衡抑文雅而奬法吏不適輪

輮之用時議非之太宗嘗言戴胄於朕無骨肉之親但其忠直勵行情深體國所進官爵以酬勞耳見重如此

唐臨爲大理卿初蒞職斷一死囚先時坐死者十餘人皆他官所斷會太宗幸寺親録囚徒他官所斷死囚稱寃不已臨所斷者嘿而無言太宗恠之問其故囚對曰唐卿斷臣必無枉濫所以絶意太宗歎息久之曰爲獄固當若是因遂見原即日拜御史大夫太宗

親爲之考詞曰形若死灰心如鐵石初臨爲殿中侍
御史正班大夫韋挺責以朝列不肅臨曰此特爲小
事不以介意請俟後命翌日挺離班與江夏王道宗
語趍進曰王亂班將彈之道宗曰共公卿大夫語臨
曰大夫亦亂班挺失色而退同列莫不悚動
太宗問大理卿劉德威曰近來刑網稍密何也對曰誠
在君上不由臣下主好寛則寛好急則急律文失入
減三等失出減五等今則反是失入無辜失出則獲

戾所以吏各自愛競執深文畏罪之所致也太宗深納其言

張玄素爲侍御史彈樂蠙令叱奴隲盜官米太宗大怒特令處斬中書舍人張文瓘執據律不當死太宗曰食粮事重不斷恐犯者衆魏徵進曰陛下設法與天下共之今若改張人將法外畏罪且復有重於此者何以加之隲遂免死

李勣征高麗將引其子聓杜懷恭行以求勳効懷恭性

滑稽勣甚重之懷恭初辭以貧勣贍給之又辭以無奴馬又給之旣而辭窮乃亡匿岐陽山中謂人曰乃公將我作法則耳固不行勣聞法然流涕曰杜郎放而不拘或有此事遂不之逼時議曰英公持法者杜侯之懷慮深矣

明崇儼爲正諫大夫以奇術承恩夜遇刺容勑三司推鞫其妄承引連坐者衆高宗怒促法司行刑刑部郎中趙仁恭奏曰此輩必死之囚願假數日之命高宗

曰卿以為枉也仁恭曰臣識慮淺短非的以為枉恐
萬一非實則怨氣生焉緩之旬餘果獲賊高宗善之
遷刑部侍郎
權善才高宗朝為將軍中郎將范懷義宿衛昭陵有飛
騎犯法善才繩之飛騎因番請見先涕泣不自勝言
善才等伐陵栢大不敬高宗悲泣不自勝命殺之大
理丞狄仁傑斷善才罪止免官高宗大怒命促行刑
仁傑曰法是陛下法臣僅守之奈何以數株小栢而

殺兩臣請不奉詔高宗涕泣曰善才斫我父陵上栢我爲子不孝以至是知卿好法官善才等終須死仁傑固諫侍中張文瓘以笏揮令出仁傑乃引張釋之高廟辛毗牽裾之例曰臣聞逆龍鱗忤人主自古以為難臣以為不難居桀紂時則難堯舜時則不難臣今幸逢堯舜不懼比干之誅陛下不納臣言臣瞑目之後羞見釋之辛毗於地下高宗曰善才情不可容法雖不死朕之恨深矣須法外殺之仁傑曰陛下作

法懸諸象魏徒流及死具有等差豈有罪非極刑特令賜死法既無恒萬方何所措其手足陛下必欲變法請今日為始高宗意乃解曰卿能守法朕有法官命編入史又曰仁傑為善才正朕豈不能為朕正天下耶授侍御史後因諫事高宗笑曰卿得權善才便也時左司郎中王本立恃寵用事朝廷懼之仁傑按之請付法高宗特原之仁傑奏曰國雖乏英秀豈少本立之類陛下何惜罪人而虧王法必不欲推問請

曲赦之奔臣於無人之境以為忠貞將來之戒高宗乃許之由是朝廷肅然

李日知為司刑丞嘗免一死囚少卿胡元禮異判殺之與日知往復至于再三元禮怒遣府吏謂曰元禮不離刑曹此囚無活法日知報曰日知不離刑曹此囚無死法竟以兩聞日知果直

則天朝奴婢多通外人輒羅告其主以求官賞潤州刺史竇孝諶妻龐氏為其奴所告夜醮勑御史薛季昶

推之季旭言其呪詛草狀以聞先於王堦涕泣不自勝曰龐氏事狀臣子所不忍言則天納之遷季旭給事中龐棄市將就刑龐男希瑊訴寃於侍御史徐有功有功覽狀曰正當枉狀停決以聞三司對按季旭葢周密其狀秋官及司刑兩曹既宣覆而自懼衆迫有功有功不獲申遂處絞死則天召見迎謂之曰卿比按失出何多也有功曰失出臣下之小過好生聖人之大德願陛下弘大德天下幸甚則天默然久之

曰去矣敕減死放于嶺南月餘復授侍御史有功俯伏流涕固不奉制則天固授之有功曰臣聞鹿走於山林而命懸於廚者何勢使然也陛下以法官用臣臣以從寬行法必生而死矣則天旣深器重竟授之遷司刑少卿時周興來俊臣等羅告天下衣冠遇族者數千百家有功居司刑平反者不可勝紀時人方之于定國中宗朝追贈越州都督優賜其家并授一品官開元初竇希瑊外戚榮貴奏請廻己之官以酬

其子

太宗時刑部奏賊盜律反逆緣坐兄弟沒官為輕請改從死給事中崔仁師駁之曰自羲農以降或設獄而人不犯或畫象而下知禁三代之盛泣辜解網父子兄弟罪不相及咸臻至理俱為稱首及其叔世亂獄滋繁周之季年不勝其弊刑書原於子產峭簡起於安于秦用其法以至於滅又曰且父子天屬昆弟同氣誅其父子或累其心如此不顧何愛兄弟文多不

盡載朝廷從之

則天朝恒州鹿泉寺僧淨滿有高行衆僧嫉之乃密畫女人居高樓淨滿引弓射之狀藏於經笥令其弟子詣闕告之則天大怒命御史裴懷古推按便行誅決懷古窮其根本釋淨滿而坐告者以聞則天驚怒色動聲戰責懷古寛縱懷古執之不屈李昭德進曰懷古推事疎略請令重推懷古厲而言曰陛下法無親疎當與天下執一奈何使臣誅無辜之人以希聖旨

向使淨滿有不臣之狀臣復何顏能寬之乎臣守平
典庶無寃濫雖死不恨也則天意解乃釋懷古後副
閻知微和親于突厥突厥立知微為南面可汗而入
寇趙定懷古因得逃歸素羸弱不堪奔馳乃懇誠告
天願投死南土倦而寢夢一僧狀如淨滿者引之曰
可從此路出覺而從之果獲全時人以為忠恕之報
魏元忠張設為二張所構流放嶺南夏官侍郎崔貞慎
將軍獨孤褘之郎中皇甫伯瓊等八人並追送于郊

外易之乃假作告事人柴明狀稱貞慎等與元忠謀反則天命馬懷素按之曰此事並實可略問速以聞斯須中使催迫者數焉曰反狀皎然何費功夫遂至許時懷素奏請柴明對問則天曰我亦不知柴明處但據此狀何須柴明懷素執貞慎等無反狀則天怒曰卿寬縱反者耶懷素曰魏元忠以國相流放貞慎等以親故相送誠則可責若以為謀反臣豈誣罔神明只如彭越以反伏誅欒布奏事屍下漢朝不坐況

元忠罪非彭越陛下豈加追送者罪耶陛下當生殺之柄欲加之罪取決聖衷足矣今付臣推勘臣但守法耳則天曰爾欲惣不與罪耶懷素曰臣識見庸淺不見貞慎等罪則天意解曰卿守我法乃赦之時朱敬則知政事對朝堂執懷素手曰馬子馬子可愛可愛時人深賞之

則

則天朝或羅告駙馬崔宣謀反者勑御史張行岌按之告者先誘藏宣家妾而云妾將發其謀宣殺之投屍

于洛水行岌按無狀則天怒令重按行岌奏如初則天曰俊臣宣反狀分明汝寛縱之我令俊臣勘當汝無自悔行岌曰臣推事不弱俊臣陛下委臣必須實狀若順旨妄族人豈法官所守臣必以為陛下試臣矣則天厲色曰俊臣若實殺妾反狀自然明矣不獲妾如何自雪更不得實我即令俊臣推勘汝自無悔也行岌懼逼宣家訪妾宣再從弟思兢乃於中橋南北多致錢帛募匿妾者數日略無所聞而其家每竊議

事則告者輙知之思兢揣家中有同謀者乃佯謂宣妻曰須絹三百疋雇刺客殺告者而侵晨微服伺於臺側宣家有館客姓舒婺州人言行無缺爲宣家所信委之如子弟須臾見其人至臺側門入以通于告者告者遽密稱云崔家雇人刺我請以聞臺中驚擾思兢素重館客館客不之疑密隨之行到天津橋料其無由至臺乃罵之曰無頼險獠崔宣破家必引汝同謀汝何路自雪汝幸能出崔家妾我遺汝五百縑

歸鄉足成百年之業不然殺汝必矣其人悔謝乃引愆兢於告者之黨搜獲其妾宣乃得免

朱履霜好學明法理則天朝長安市屢非時殺人履霜因入市聞其兵稱寃聲乘醉入兵圍中大爲刑官所責履霜曰刑人於市與衆共之履霜以明法者不知其所犯請詳其按此據令式也何見責之甚刑官唯諾以案示之時履霜詳其案遂拔其二斯須監刑御史至訶責履霜履霜容止自若剖析分明御史意少解

履霜曰准令當刑能申理者加階而編入史乃侍御史之美也御史以聞兩因竟免由是名動京師他日當刑之家或可分議者必求履霜詳案履霜懼不行死家訴於主司往往召履霜詳究多所全濟補山陰尉巡察使必委以推案故人或遺以數兩黃連固辭不受曰不辭受此歸恐毋妻詰問從何而得不知所以對也後為姑蔑令威化行于淅西著憲問五卷振刑獄之機要

僧惠範恃權勢逼奪生人妻州縣不能理其夫詣臺訴
寃中丞薛登侍御史慕容珣將奏之臺中懼其不捷
請寢其議登曰憲司理寃滯何所迴避朝彈暮黜亦
可矣登坐此出為岐州刺史時議曰仁者必有勇其
薛公之謂歟
李承嘉為御史大夫謂諸御史曰公等奏事須報承嘉
知不然無妄聞也諸御史悉不稟之承嘉厲而復言
監察蕭至忠徐進曰御史人君耳目俱握雄權豈有

奏事先諮大夫臺無此例設彈中丞大夫豈得奉諮耶承嘉無以對

延和中沂州人有反者詿誤坐者四百餘人將隸于司農未即路繫州獄大理評事敬昭道援赦文判而免之時宰相切責大理柰何免反者家口大理卿及正等失色引昭道以見執政執政怒而責之昭道曰赦云見禁囚徒沂州反者家口並繫在州獄此即見禁也反覆詰對至于五六執政無以奪之詿誤者悉免

貽道遷監察御史先是夔州征人舒萬福等十人次于巴陽灘溺死貽道因使巴渝至萬春驛方睡見此十人祈哀纔寤覺至于再三乃召驛吏問之驛人對如夢貽道即募善游者出其屍具酒肴以酹之觀者莫不歔欷乃移牒近縣備櫕櫝歸之故鄉征人聞者無不感激

睿宗朝雍令劉少微憑恃岑羲親姻頗黷于貨殿中侍御史辛替否按之義囑替否以寬其罪替否謂同列

曰少微恃勢貪暴吾忝憲司奈何懼勢寬縱罪人以
侮王法少微竟處死
開元中申王撝奏辰府録事閻楚珪望授辰府參軍明
皇許之姚崇奏曰臣昔年奉旨王公駙馬所有奏請
非降墨勅不可商量其楚珪官請停詔從之
肅宗初克復重將帥之臣而武人怙寵不遵法度將軍
王去榮打殺本縣令據法處死肅宗將宥之下百寮
議韋陟議曰昔漢高約法殺人者死今陛下出令殺

人者生伏恐不可為萬代之法陟嘗任吏部侍郎有一致仕官叙五品陟判之曰青壇展慶曾不立班朱紱承榮且無卧拜時人推其強直

政能

武德中以景命惟新宗室猶少至三從弟姪皆封為王及太宗即位問群臣曰遍封宗子於天下便乎封德彝對曰不便歷觀往古封王者當今最多两漢以降唯封帝子及兄弟若宗室疏遠者非有大功如周之

郇滕漢之賈澤並不得濫居名器所以别親踈也太
宗曰朕為百姓理天下不欲勞百姓以養己之親也
於是踈屬悉降爵為公
狄仁傑因使岐州遇有軍士卒數百人夜縱剽掠晝潛
山谷州縣擒捕繫獄者數十人仁傑曰此途窮者不
輯之當為患乃明牓要路許以陳首仍出繫獄者廪
而給遣之高宗喜曰仁傑識國家大體乃頒示天下
宥其同類潛竄畢首矣

薛大鼎為滄州刺史界内先有棣河隋末填塞大鼎奏
聞開之引魚鹽於海百姓歌曰新河得通舟檝利直
至滄海魚鹽至昔日徒行今騁駟美哉薛公德滂被
大鼎又決長蘆及漳衡等三河分洩夏潦境内無復
水害

高宗朝司農寺欲以冬藏餘菜出賣與百姓以墨勑示
僕射蘇良嗣良嗣判之曰昔公儀相魯猶拔去園葵
況臨御萬乘而賣鬻蔬菜事遂不行

員半千本名餘慶與何彦先師事王義方義方甚重之嘗謂曰五百年一賢足下當之矣改名半千義方卒半千彦先皆制師服上元初應六科舉授武陟尉屬時旱歎勸縣令開倉賑恤貧餒縣令不從俄縣令上府半千悉發倉粟以給百姓刺史郭齊宗大怒因而按之將以上聞時黄門侍郎薛元超為河北存撫使謂齊宗曰公百姓不能救之而使惠歸一尉豈不媿也遽令釋之又應岳牧舉高宗御武成殿召諸舉人

親問曰兵書所云天陣地陣人陣各何謂也半千越次對曰臣觀載籍多矣或謂天陣星宿孤虛也地陣山川向背也人陣編伍彌縫也以臣愚見則不然夫師出以義有若時雨則天之利此天陣也兵在足食且耕且戰得地之利此地陣也卒乘輕利將帥和睦此人之陣也若用兵者使三者去其何以戰高宗深嗟賞對策上第擢拜左衛胄上參軍仍充宣慰吐蕃使引辭則天曰久聞卿謂是古人不意乃在朝列境外

小事不足煩卿且留待制也前後賜絹千餘疋累遷
正諫大夫封平凉郡公開元初卒

鄭惟忠名行忠信天下推重自山陰尉應制則天臨軒
問何者為忠諸應制者對率不稱旨惟忠曰臣聞外
揚君之美内匡君之惡則天幸長安惟忠待制引見
則天曰朕識卿前於東都言忠臣外揚君之美内匡
君之惡至今不忘中宗朝拜黄門侍郎時議禁嶺南
首領家蓄兵器惟忠議曰夫為政不可不革以習俗

且蜀都賦云家有鶴膝户有犀渠如或禁之豈無驚撓耶事遂不行

司農卿姜師度明於川途善於溝洫嘗於薊北約魏帝舊渠傍海新創號曰平虜渠以避海難餽運利焉時太史令傅孝忠明於天象京師為之語曰傅孝忠兩眼窺天姜師度一心看地言其思穿鑿之利也

則天將不利王室越王貞於汝南舉兵不尅士庶坐死者六百餘人沒官人五千餘口司刑使相次而至逼

促行刑時狄仁傑檢校刺史哀其詿誤上司刑使停斬決飛奏曰臣欲聞奏似為逆人論理知而不言恐乖陛下存恤之意奏成復毀意不能定此輩非其本心願矜其詿誤表奏特勅配流豐州諸囚次于寧州寧州耆老郊迎之曰我狄使君活汝耶相攜哭于碑側齋三日而後行諸囚至豐州復立碑紀德初張光輔以宰相討越王既平之後將士恃威徵斂無度仁傑率皆不應光輔怒曰州將輕元帥耶何征發之不

赴仁傑汝南悖亂一越王耶仁傑曰今一越王已死而萬越王生光輔質之仁傑曰明公親董戎旃二十餘萬所在刼奪遠邇流離創鉅之餘肝腦塗地此非一越王死而萬越王生耶且脅從之徒勢不自固所以先著網理之也自天兵暫臨其乘城歸順者不可勝計縋墜四面成蹊奈何縱求功之人殺投降之士但恐寃聲騰沸上徹于天將請尚方斷馬劍斬足下當北面請命死猶生也遂為光輔所譖左授復州刺

史尋徵還為魏州刺史威惠大行百姓為立生祠遷内史及薨朝野悽慟則天贈文昌左相中宗朝贈司空睿宗朝追封梁國公哀榮備於三朝舉代莫與為比

韋景駿為肥鄉令縣界漳水連年泛溢景駿審其地勢增築隄防遂無水患至今賴焉時河北大饑景駿躬自巡撫貧弱人吏立碑以紀其德肥鄉人有母子相告者景駿謂之曰吾少孤每見人養親自痛終天無

分汝幸在溫凊之地何得如此錫類不行令之罪也因泣下嗚咽乃取孝經與之令其習讀於是母子感悟各請改悔遷趙州長史路由肥鄉人吏驚喜競來犒餞留連彌日有童幼數人年甫十餘亦在其中景駿謂之曰計吾此去時汝輩未生既無舊恩何慇懃之甚也咸對曰比聞長老傳說縣中廨宇學堂館舍堤橋並是明公遺跡將謂古人不意得瞻覩不覺欣戀倍於常也終於奉先令子述開元天寶之際為工部

侍郎代吴兢修國史

開元九年左拾遺劉彤上表論鹽鐵曰臣聞漢武帝為政廏馬三十萬後宫數萬人外討戎夷内興宫室殫費之甚什百當今然而財無不足者何也豈非古取山澤而今取貧人哉取山澤則公利厚而人歸於農取貧人則公利薄而人去其業故先王之作法也山澤有官虞衡有職輕重有術禁發有時一則專農一則饒富濟人盛事也臣實謂當今宜行之夫煮海為

鑿採山鑄錢伐木為室者豐餘之輩也寒而無衣飢而無食傭賃自資者窮苦之流也若興山海厚利奪豐餘之人薄斂輕傜免窮苦之子所謂損有餘益不足帝王之道不可不然文多不盡載

李傑為河南尹有寡婦告其子不孝其子不能自理但云得罪於母死甘分傑察其狀非不孝子也謂寡婦曰汝寡居唯有一子今告之罪至死得無悔乎寡婦曰子無賴不順母寧復惜之傑曰審如此可買棺木

來取兒屍因使人伺其後寡婦既出謂道士曰事了矣俄將棺至傑與其悔再三諭之寡婦執意如初道士立於門外密令擒之一問承伏曰某與寡婦有私常為兒所制故欲除之傑乃杖殺道士及寡婦使以向棺盛之

郭元振為涼州都督先是涼州南北不過四百餘里吐蕃突厥二寇頻至城下百姓苦之元振於南界硤石築和戎城北界磧中置白停軍控其要路遂拓州境

一千五百里自是虜不復縱又令甘州刺史李漢通置屯田盡水陸之利往年粟麥斛至數千及元振為都督一縑易數十斛軍粮數十年牛羊被野路不拾遺為凉州五年夷夏畏慕

崔皎為長安令邠王守禮部曲數輩盜馬承前以上長令不敢按問奴輩愈甚府縣莫敢言者皎設法擒捕群奴潛匿王家皎命就擒之王懼盡縊殺懸於街樹境内肅然出為懷州刺史歴任内外咸有聲稱也

大唐新語卷四

欽定四庫全書

大唐新語卷五

唐 劉肅 撰

忠烈

李玄通刺定州為劉黒闥所獲重其才欲以為將歎曰吾荷朝恩作藩東夏孤城無援遂陷虜庭當守臣節以忠報國豈能降志輙授賊官拒而不授故吏有以酒食餽者玄通曰諸君哀吾辱故以酒食寛慰吾當

為君一醉謂守者曰吾能舞劍可借吾刀守者與之曲終太息曰大丈夫受國恩鎮撫方面不能保全所守亦何面目視息哉以刀潰腹而死高祖為之流涕以其子為將軍

劉感鎮涇州為薛仁杲所圍感孤城自守後督衆出戰因為賊所擒仁杲令感語城中曰援軍已大敗宜且出降以全家室感偽許之及到城下大呼曰逆賊饑餓敗在朝夕秦王率十萬衆四面俱集城中勿憂各

宜自勉以全忠節仁杲埋感腳至膝射而殺之垂死
聲色愈厲高祖遂追封平城郡公謚曰忠壯

常達為隴州刺史為薛舉將仵士政所執以見舉達詞
色不屈舉指其妻謂達且識皇后否達曰只是瘿老
嫗何足可識舉奇而宥之有奴賊帥張貴問達曰汝
識我否達曰汝逃奴耶瞋目視之大怒將殺達人救
獲免及賊平高祖謂達曰卿之忠節便可求之古人
詔令狐德棻曰劉感常達當須載之史策後復拜隴

州刺史

堯君素為隋煬帝守蒲州頻敗義師高祖使屈突通至城下說之君素悲不自勝通泣謂君素曰義兵所臨無不響應天時人事可以意知卿可早降以取富貴君素曰主上委公以關中甲兵付公以社稷名位若是不思報効何為人作說客耶通曰我力屈君素曰當今力猶未屈何用多言通慙而退高祖又令其妻至城下謂之曰天命有歸隋祚已盡君何自苦陷身

禍敗君素曰天下名義豈婦人所知引弓射之妻慟哭而去君素尋知事必不濟要在守死數謂諸將曰隋室傾敗天命有歸吾當斷頭以赴諸君也俄為麾下所殺後太宗幸河東嘉其忠節贈蒲州刺史

屈突通為隋煬帝所任留鎮長安義師既濟河通將兵至潼關以禦義師遂為劉文靜所敗通歸東都不顧家屬文靜遣通子壽往喻之通曰昔與汝為父子今為仇讎命左右射之乃下馬東向哭曰臣力屈兵散

不負陛下天地鬼神照臣此心洎見高祖高祖曰何見之晚也通泣曰不能盡人臣之節於此奉見為本朝之辱以愧湘王高祖曰忠臣也以為兵部尚書

蕭瑀貞觀初為左僕射太宗謂之曰武德六年已後太上皇有廢立之心而未定也我當此日實不為兄弟所容實有大功而不蒙賞卿不可以厚利誘不可以刑戮懼真社稷臣也因賜詩曰疾風知勁草板蕩識貞臣又謂之曰卿之守道耿介古人無以過也然善

惡太明有時而失瑀謝曰臣特蒙訓誡惟死忠良雖
死之日猶生之年十七年與長孫無忌等二十四人
圖形於凌烟閣

安金藏為太常工人時睿宗為皇嗣或有誣告皇嗣潛
有異謀者則天令來俊臣按之左右不勝楚毒皆欲
自誣唯金藏大呼謂俊臣曰公既不信金藏言請剖
心以明皇嗣不反則引佩刀自割其五臟皆出流血
被地氣遂絶則天聞令舁入宮中遣醫人却内五臟

以桑白皮縫合之傅藥經宿乃蘇則天臨視歎曰吾有子不能自明不如汝之忠也即令停推睿宗由是乃免金藏後丧母於墓側躬造石墳石塔舊源上無水忽有涌出泉又李樹盛冬開花大鹿擾本道使盧懷慎以聞詔旌其門閭玄宗即位追思金藏節下制襃美拜右驍衛將軍仍令史官編次其事

李多祚靺鞨酋長也少以軍功歴右羽林大將軍掌禁兵神龍初張柬之謂多祚曰將軍在北門幾年曰三

十年東之曰將軍擊鼓鍾鼎食貴寵當代豈非大帝之恩將軍旣感大帝殊澤能有報乎大帝之子見在東宮易之兄弟欲危宗社將軍誠能報恩正在今日多祚曰苟緣王室惟相公所使終不顧妻子性命因立盟誓義形于色遂與東之定策誅易之等以功封遼陽郡王實八百户後從節愍太子舉兵遇害睿宗下詔追復本官

張敬之則天時每思唐德唯以禄仕謂子冠宗曰吾今

佩服乃恭朝之服耳累官至春官侍郎當入三品子
弟將通由歷於天官有僧泓者善陰陽筭術與敬之
曰六郎無煩求三品敬之曰弟子無所求勵此兒子
耳敬之弟訥之為司禮博士有疾甚危殆泓師指訥
謂曰八郎今日始臨萬仞閒必不墜矣皆如其言
武三思亂政壽春周憬慷慨有節槩與駙馬王同皎謀
誅之事發同皎遇害憬遁於比干廟自刎臨死謂左
右曰韋后亂國寵樹奸佞三思干上犯順虐害忠良

吾知其滅亡不久可懸吾頭於國門觀其身首異處而出又曰比干忠臣也儻神道有知明我以忠見殺三思果敗

神龍初桓彥範與張柬之等發北軍入玄武門斬張易之等遷則天于上陽宮柬之勒兵于景運門將引諸武以誅之彥範以大功既立不欲多誅戮遽解其兵柬之固爭不果既而權歸三思諸同謀者咸曰斬我頭者桓彥範也彥範曰主上疇昔為英王素有明斷

吾留諸武以自致耳今日事勢既爾乃上天之命豈
人事乎尋並流放爲三思所害海内咸痛之
節愍太子以武三思亂國起北軍誅之既而韋庶人與
安樂公主翊中宗以登玄武門千騎王歡憙倒戈擊
太子太子兵散走至鄠縣爲宗楚客之黨所害三思
嘗令子崇訓與安樂公主凌忽太子太子積怨恨遂
舉兵而死兆庶咸痛之睿宗皇帝即位悼太子殞身
殉難下詔曰曾氏之孝也慈親惑於疑聽趙魯之族

也明帝哀而望思歷考前聞率由舊典太子大行之
子元良守器枉羅構間困於讒嫉莫顧鈇鉞輕盜甲
兵有此誅夷無不憤惋今四凶滅服十起何追方申
赤暈之寃以抒黄泉之痛可贈皇太子謚曰節愍先
是宗楚客紀處訥冉祖雍等奏言相王及太平公主
與太子同謀請收付獄中宗命御史中丞蕭至忠鞫
之至忠泣而奏曰陛下富有四海貴為天子豈不能
保持一弟一妹受人羅織宗社存亡實在於此臣雖

至愚竊為陛下不取漢書云一尺布尚可縫一斗粟
尚可舂兄弟二人不相容願陛下詳之且往者則天
欲立相王為太子相王累日不食請迎陛下固讓之
誠天下傳說且明祖雍所奏咸是搆虛中宗納其言
乃止

節義

高祖命屈突仲通副太宗討王世充時通二子俱在充
所高祖謂通曰東征之事令且相屬其如兩子何通

對曰臣以朽老誠不足當重任但自惟疇昔就執事豈以兩児為念兩児若死自是其命終不以私害公也高祖歎息曰狥義之夫一至於此可尚也

李綱慷慨有志節每以忠義自命初名瑗字子玉讀後漢書慕張綱為人因改名綱字文紀周齊王憲引為參軍及憲遇害無敢收視者綱撫柩號慟躬自埋瘞時人義之仕隋太子洗馬太子勇之廢也隋文帝切責宮寮以其不存輔導綱對曰今日之事乃陛下過

非太子罪也太子才非常品性本常人得賢明之士輔之足嗣皇業奈何使絃歌鷹犬之徒日在其側乃陛下訓導之不足豈太子罪耶文帝竒之擢爲尚書左丞周齊王女孀居綱以故吏每加贍恤及綱卒字文氏被髮號哭如喪其夫也

高祖入京城隋代王府寮咸散唯侍讀姚思廉不離王側義師將入殿門思廉謂之曰唐公舉義本匡王室不宜無禮於王衆伏其言於是布列階下須臾太宗

至聞其義令其扶王至順陽門泣拜而去衆咸歎其真謂忠烈之士也

節愍太子兵散遇害官寮莫敢近者有永和縣丞甯嘉勗解衣裹太子首號哭時人義之宗楚客聞之大怒收付制獄貶平興丞因殺之睿宗踐祚下詔曰甯嘉勗能重名節事高欒向幽途已往生氣凛然静言忠義追存褒寵可贈永和縣令

祿山之難御史中丞盧弈留司東都祿山反未至聞弈

遣家屬入京誓以守死賊至弃朝服持印坐廳事以見賊徒謂曰為人臣識忠與順耳使不為逆節死無恨焉賊徒皆愴然改容遂遇害

孝行

陳叔達高祖嘗宴侍臣菓有蒲桃達為侍中執而不食問其故對曰臣母患口乾求之不得高祖曰卿有母遺乎遂嗚咽流涕因賜帛百疋以市甘餌

張志寛為布衣居河東隋末喪父哀毀骨立為州里所

稱寇賊聞其名不犯其閭後為里尹在縣忽稱母疾縣令問其故志寬對曰母嘗所害苦志寬亦有所苦向患心痛是以知母有疾令怒曰妖妄之詞也繫之於法馳遣驗之果如所言異之高祖聞旌表門閭就拜散騎常侍

王君操父大業中為鄉人李君則毆死貞觀初君則以運代遷革不懼憲網又以君操孤微必無復仇之志遂詣州府自露為君操密藏白刄刺殺之刳其心肝

沮之立盡詣刺史自陳州司以其擅殺問之曰殺人償死律有明文何方自理以求生路君操曰亡父被殺二十餘年聞諸典禮父讎不同天早願從之久而未遂常懼滅亡不展冤情今耻既雪甘從刑憲州司

上聞太宗特原之

裴敬彝父智周為陳國王典儀暴卒敬彝時在長安忽涕泣謂家人曰大人必有痛處吾即不安今日心痛手足皆廢在事不測能不戚乎遂急告歸父果已殁

毀瘠過禮事以孝聞累遷吏部員外

杜審言雅善五言尤工書翰恃才謇傲為時輩所嫉自洛陽縣丞貶吉州司戶又與群寮不叶司馬周季重與員外司戶郭若訥共構之審言繫獄將因事殺之審言子并年十三伺季重等酬醼密懷刃以刺季重季重中刃而死并亦見害季重臨死歎曰吾不知杜審言有孝子郭若訥誤我至此審言由是免官歸東都自為祭文以祭并士友咸哀并孝烈蘇頲為墓誌

劉允濟爲祭文則天召見𡠉言甚加歎異累遷膳部員外

孟景休事親以孝聞丁母憂哀毁逾禮殆至滅性弟景禕年在襁褓景休親乳之祭爲之豐及葬時屬寒跣而履霜脚指皆墮既而復生如初景休進士擢第歷監察御史鴻臚丞爲來俊臣所搆遇害時人傷焉

劉審禮爲工部尚書儀鳳中吐蕃將入寇審禮率兵十八萬與吐蕃將論欽陵戰于青海王師敗績審禮没

焉審禮子詣闕自請入土蕃以贖其父詔許之次子岐州司兵易從投蕃中省父比至審禮已卒易從晝夜泣血吐蕃哀其至性還其父屍易從徒跣萬里護櫬以歸葬於彭城故塋朝廷嘉之贈審禮工部尚書謚曰悼劉審禮刑部尚書德威之子也少喪母為祖母元氏所養元氏有疾審禮親嘗藥膳事母亦以孝聞與再從弟同居家無異爨闔門二百餘口人無間言易從後為彭城長史為周興所陷繫于彭城獄將

就刑百姓荷其仁恩痛其誣枉競解衣投于地曰為長史祈福有司平準直十餘萬易從一門仁孝舉無與比而橫遇寃酷海内痛之子昇年十歲配流嶺南後六道使誅流人昇以言行忠信為首領所保匿救獲免

崔希喬以仁孝友悌丁母憂哀毁過禮為鄴縣丞芝草生所居堂一宿而苞盖盈尺州以聞遷監察御史轉并州兵曹馮翊令貧乏之徒荷其仁恤時有雲氣如

蓋當其聽事須史五色錯雜遍于州郭以狀聞勅編入史其在并州聽前蘗葦有小鳥如鵪鶉來巢孚卵五色有如鷄子數日鷇毀鶵見已大於母月餘五色成文大如鵪䳺擾閑暇項之飛翔時歸舊所人到于令號為兵曹鳥

張審素為嶲州都督有告其贓者勅監察楊汪按之汪途中為審素之黨所劫對汪殺告事者汪到益州誣審素謀反搆成其罪遂斬之籍沒其家子琇與兄瑝

年幼徙嶺外後各逃歸汪後更名萬頃轉殿中侍御史開元二十三年瑝琇於東都候萬頃手刃之繫表於斧及言復讎之狀遂奔逃行至汜水為吏所得時人皆矜琇等幼稚孝烈能復父讎多言合從矜恕張九齡欲活之裴耀卿李林甫固言不可玄宗以為然固謂九齡等曰復讐禮法所許殺人亦格律具存孝子之情義不顧命國家設法焉得容此殺人成復讐之志赦之虧格律之道然道路喧議當須告示乃下

詔曰張瑝兄弟同殺推問款成律有正條俱合至死
近聞士庶頗有喧詞矜其為父報讐或言本罪寃濫
但國家設法事存久要蓋以殺人期于止殺咎繇作
士法在必行曾參殺人亦不可恕不能不加以刑戮
肆諸市朝宜付河南府告示瑝琇既死士庶痛之為
作哀誄牓於衢路市人歛錢於死處造義井并瘞於
北邙恐為萬頃家之人所發作疑冢數所於其所其
為時人之所痛悼者如此

大唐新語卷五

欽定四庫全書

大唐新語卷六

唐 劉肅 撰

友悌

李勣既貴其姊病必親爲煮粥火爇其鬚姊曰僕妾幸多何爲自苦若是勣對曰豈無人耶顧姊年長勣亦年老雖欲長爲姊煮粥其可得乎

馮元常闔門孝友天下無比或居兄弟服制盡則從事

夜則盡會禮堂雖病亦各臥東西壁一床而已服除
乃歸私室歷官左右多所釐革朝無留事高宗大漸
勑諸長史曰朕四體不好百司奏事可共元常平章
以聞其委任如此則天深忌之及高宗崩四方多說
恠妄以為祥瑞嵩陽令樊文進瑞石則天命示百寮
元常奏論其妖妄不可誣罔士庶則天甚不悅出為
隴州刺史尋搆害之神龍初詔旌其門為忠臣門元
常忠孝正直冠絕古今而神理福善眇然無依天下

咸悼惜之元常祖懿明李密之亂為賊所執懿明乃潛使人奉表江都論賊形勢密義而釋之懿明知天命有歸勸密歸國密不納賊帥翟讓怒罵懿明懿明曰天子使我剪除爾輩不圖為賊所執合殺但殺何煩罵也讓大怒亂斫而死煬帝聞而傷之贈銀青光祿大夫謚曰壯武公拜二子為承務郎

畢構為益州長史兼按察使多所舉正風俗一變玄宗降璽書以慰之卿孤潔獨行有古人之風自臨蜀川

獘訛頓易覽易卿前後執奏何異破柱求奸諸使之中在卿為最乃賜以衣服終於户部尚書搆性至篤初丁繼親憂妻蕭氏盧氏兩妹皆在襁褓親乳之乳為之出及其亡也二妹皆慟哭絶者久之言曰雖兄弟無三年之禮吾荷鞠育豈同常人遂三年服朝野之人莫不涕泗搆弟栩任太府主簿留司東都聞搆疾星馳赴京侍醫藥者累月既而哀毁骨立變服視事逾年未嘗言笑深為朝野所重

薛王業母早亡為賢妃親自鞠養開元初業迎賢妃歸
私第以申供養業同母妹淮陽涼陽二公主亦早亡
業撫愛其子如己子玄宗以業孝友特加親愛嘗疾
上親為祈禱及瘳幸其第置酒宴樂更為初生之懽
因賦詩曰昔見漳濱臥言將人事違今逢慶誕日猶
謂學仙歸常棣花重發鴒原鳥再飛其恩遇如此
陸南金博涉經史言行修謹開元初太常少卿盧崇道
犯贓自嶺南逃歸匿于南金家俄為讎人所發侍御

史王旭挾之崇道詞引南金旭處以極法南金弟趙
璧請代兄死南金執稱弟實自誣身以當罪兄弟爭
死旭問其故趙璧曰兄長有能幹家亡母未喪小妹
未嫁自惟幼劣生無所益身自請死旭上其狀玄宗
嘉而宥之張說陸象先等咸相欽重累遷庫部員外
南金祖士季為隋王侗記室兼讀侗稱制授著作郎
王世充將行簒奪侗謂士季曰隋有天下三十餘載
朝廷文武遂無忠烈乎士季對曰見危授命臣之宿

心令請因其啓事便加手刃後事洩充遂停士季侍讀貞觀初為太學博士而卒

舉賢

李大亮隋末為賊所獲同輩餘人皆死賊帥張弼見而異之獨釋與語遂定交於幕下大亮既貴每懷張弼之恩貞觀末張弼為將作丞自匿不言大亮遇諸途而識之持弼而泣悉推家產以遺之弼辭而不受言於太宗曰臣有今日之榮貴乃弼之力也乞迴臣之

官爵以授之太宗即以弼為中郎俄遷代州都督大亮性志忠謹雖妻子不見惰容外若不能言而内剛烈房玄齡每稱曰李大亮忠貞文武有大將節比之周勃王陵矣後收葬五宗之無後者三十餘柩送終之禮莫不備具所賜賞分遺親戚事兄嫂如父母焉臨終歎曰吾聞禮男子不死婦人之手於是命屏婦人言終而卒家無餘財無珠玉以為含親戚孤遺為大亮鞠養服之如父者五十人天下歎服之高祖以

唐公舉義太原李靖與衛文昇為隋守長安乃收皇族害之及關中平誅文昇等次及靖靖言曰公定關中唯復私讎若為天下未得殺靖乃赦之及為岐州刺史人或希旨告其謀反高祖命一御史按之謂之曰李靖反且實便可處分御史知其誣罔與告事者行數驛佯失告狀驚懼鞭撻行典乃祈求於告事者曰李靖反狀分明親奉進旨今失告狀幸救其命更請狀告事者乃疏狀與御史驗與本狀不同即日還

以聞高祖大驚御史具奏靖不坐亡御史名氏惜哉

封德彝在隋見重於楊素素乃以從妹妻之隋文帝令素造仁智宮引德彝為土工監宮成文帝大怒曰楊素竭百姓之力雕飾離宮為吾結怨於天下素惶恐慮得罪德彝曰公勿憂待皇后至必有恩賞明日果召素入對獨孤皇后勞之曰大用意知吾夫妻年老無以娛心盛飾此宮室豈非孝順賞賚甚厚素退問德彝曰卿何以知之對曰至尊性儉雖初見

而怒然雅聽后言婦人唯麗是好后心既悅聖心必移所以知耳素歎曰揣摩之才非吾所及也素時勲畧在位下唯激賞德彝撫其床曰封郎後時必據吾座及素南征泊海曲素夜召之德彝落海人救而免乃易衣見素深加嗟賞亟薦用焉

薛收隋吏部侍郎道衡之子聰明博學秦府初開為記室參軍未幾卒太宗深追悼之後謂房玄齡曰薛收不幸短命若在以中書令處之

魏徵王珪韋挺俱事隱太子時或稱告東宮與圖高祖不欲彰其事將黜免官寮以解之流挺珪于嶲州徵但免官徵言於裴寂封德彝曰徵與韋挺王珪並承東宮恩遇俱以被責退今挺珪得罪而徵獨留何也寂等曰此由在上寂等不知徵曰古人云成王欲殺召公周公豈得不知無何挺等徵還

馮周少落拓不為州里所敬補州助教頗不親事刺史達奚恕杖之乃拂衣去客汴為沒儀令崔賢育所辱

遂感激西之長安止于將軍常何家貞觀初太宗命
文武百官陳時政利害何以武吏不涉學乃委周草
狀周備陳損益四十餘條何見之驚曰條目何多也
不敢以聞周曰將軍蒙國厚恩親承聖旨所陳利害
已形翰墨業不可止也將軍即不聞其可得耶何遂
以聞太宗大駭召問何遽召周與語甚奇之直門下
省寵冠卿相累遷中書令周所陳事六街設鼓以代
傳呼飛驛以達警急納居人地稅及宿衛大小交即

其條也太宗有事遼海詔周輔皇太子留定州監國及凱旋高宗遣所留貴嬪承恩寵者迓于行在太宗喜悅問高宗高宗曰馬周教臣耳太宗笑曰山東輒窺我錫賚甚厚及薨太宗為之慟每思之甚將假道術以求見其恩遇如此初周以布衣直門下省太宗命就監察裏行俄拜監察御史裏行之名自周始也

岑文本初仕蕭詵江陵平授祕書郎直中書校省李靖

驟稱其才擢拜中書舍人漸蒙恩遇時顔師古諳練故事長於文誥時無逮者兾復用之太祖曰我自舉一人公勿復也乃以文本為中書侍郎專典樞密及遷中書令歸家有憂色其母怪而問之文本對曰非勲非舊濫登寵榮位高責重古人所戒所以憂耳賀者輙曰今日也受弔不受賀遼東之役凡所支度一以委之神用頓竭太宗憂之曰文本與我同行恐不與我同反俄卒矣太宗嘗問侍臣曰朕子弟孰賢魏

徵對曰臣愚不盡能知唯霍王元軌數與臣言臣未嘗不自失太宗曰卿以爲前代誰比徵曰經學文雅亦漢之宣平至如孝行古之曾閔也由是寵遇彌厚令聘徵女爲妃元軌高祖子也高祖崩毀瘠過禮恒衣布衣示有終身之戚掌使國令徵對令曰諸請依王國賦貿易取利元軌曰汝爲國令當正吾失返説吾以利也令慚而退則天時越王貞舉兵元軌隨例配流行至陳倉死於檻中天下寃痛之

岑文本太宗顧問曰梁陳名臣有誰可稱復有子弟堪
引進否文本對曰頃日隨師入陳百司奔散莫有留
者唯袁憲獨坐在後主之傍王充將受禪羣寮勸進
憲子承家託高宗更贈金紫光祿大夫吏部尚書隨
宏智事父以孝聞學通三禮漢史武德中為詹事府
主簿與諸儒同修六代史又同令狐德棻袁朗等修
藝文類聚事凡弘安同於事父凡所動止諮而後行
累遷黃門侍郎高宗令弘智於百福殿講孝經召宰

臣已下聽之弘智演暢微言畧陳五孝諸儒難問相
繼酬應如響高宗怡然曰朕頗躭墳籍至於孝經偏
所留意然孝之為德弘益實深故云德教加於百姓
形于四海是知孝德之益為大也顧謂弘智曰宜畧
陳此經切要者以輔不逮弘智對曰昔者天子有爭
臣七人雖無道不失天下微臣願以此言奉獻高宗
大悅賜綵二百疋遷國子祭酒文集二十卷行於代
李遜為貝州刺史甘露遍於庭中樹其邑人白美政所

致請以聞遜謙退寢其事歷官十七政俸祿先兄弟嫂姪謂其子曰吾厚爾曹以衣食不如厚之以仁義勿愁貧也天下莫不嗟尚

姚崇初不悅學年逾弱冠嘗過所親見修文殿御覽之喜遂耽翫墳史以文章著名歷牧常揚吏並建碑紀德再秉衡軸天下欽其公直外甥任弈任异少孤長在崇家乃與之立家產謂之曰汝吾無間然矣惜殊宗而代疎矣命其子同名異無別也時人多之

張楚金年方十七與兄越石同以茂才應舉所司以兄弟不可兩收將罷越石楚金辭曰以順則越石長以才則楚金不如請某退時李績為州牧歎曰貢才本求才行相推如此可雙舉也令兩人同赴上京俱擢遷刑部尚書後為周興搆陷將刑仰天歎曰皇天后土豈不察忠臣乎奈何以無辜獲罪因泣下市人為之歔欷須臾陰雲四塞若有所感旋降勑免刑宣未訖天開朗慶雲紛郁時人感其忠正孝悌之報

狄仁傑為兒童時門人被害者縣吏就詰之衆咸趍對仁傑堅坐讀書吏責之仁傑曰黄卷之中聖賢備在猶未對接何暇偶俗人而見責耶以資授汴州判佐工部尚書閻立本黜陟河南仁傑為吏人誣告立本驚謝曰仲尼云觀過斯知仁矣足下可謂海曲明珠東南遺寶薦為并州法曹其親在河陽别駕仁傑赴任于并登太行南望白雲孤飛謂左右曰吾親所居近此雲中悲泣佇立久之候雲移乃行

高智周與郝處俊來濟孫處約同寓於石仲覽家仲覽宣城人而家于京都破産以奉四子嘗因夜卧各言其志處俊曰願秉樞軸一日足矣智周及濟願亦然處約於被中遽起曰大丈夫樞軸不可冀願為通事舍人殿庭周旋吐納足矣仲覽嘗引相者視濟孫等相者曰四人皆貴極人臣而石不及見矣然來早貴所惜末途屯躓餘達而最壽者夫速登者易顛徐進者少患天之道也顧謂仲覽曰公因四人而達後各

從宦州縣及濟領吏部處約以瀛州判佐參選引注之次濟遽索筆曰如志如志注通事舍人注畢下階叙平生亦一時之美智周後為貴令與佐官均分俸禄累遷中書侍郎知政事仲覽貞觀末授兵部郎中而遂卒而濟等乃貴戚如相所言

魏元忠為二張所搆左授高要尉王晙密狀以申明之宋璟時為鳳閣舍人謂晙曰魏公且不可測矣今子冒其威嚴而理之恐見子之狼狽也晙曰魏公忠而

獲罪畯為義所激必顛沛無恨璟歎曰璟不能申魏
公之枉深負朝廷矣
裴景昇為尉氏尉以無異効不居最課考滿刺史皇甫
亮曰裴尉苦節若是豈可使無上考選司何以甄録
也俗號考終為送路考省校無一成者然敢竭愚思
仰思清德當與中也為之詞曰考秩已終言歸有日
千里無代步之馬三月乏聚粮之資食唯半菽室如
懸磬清心苦節從此可知不旌此人無以激勸時人

咸稱亮之推賢景昇之供職

李福業為侍御史與桓敬等匡復皇室及桓敬敗福業

放于番禺匿志州叅軍敬元禮家吏捜獲之與元禮

俱死福業將就刑謝元禮曰子有老親為福業所累

愧甚深矣元禮曰明公窮而歸我我得已乎今貽親

以非疾之憂深所痛切見之者傷之

尹思貞為青州刺史勉百姓農桑蚕有四登者廵察使

路敬潛届于境部人以原蚕繭獻敬潛嘆曰非善政

所致孰能至此遂以聞璽書旌賞或問思貞曰公斂行者往與李承嘉忿競何幾若斯思貞曰能言者時或有言承嘉恃權相侮僕義不受然不知言之從何而至矣

張東之進士擢第為清源丞年且七十餘永昌初勉復應制策試畢有傳東之考入下課者東之歎曰余之命也乃委歸襄陽時中書舍人劉允濟重考自下第昇甲科為天下第一擢第拜監察累遷荆州長史長

安中則天問狄仁傑曰朕要一好漢使有乎仁傑對曰臣料陛下若求文章資歷則今之宰臣李嶠蘇味道亦足為之使矣豈非文士齷齪思得大才用之以成天下之務乎則天悅曰此朕心也仁傑曰荆州長史張柬之其人雖老真宰相材也且久不遇若用之必盡於國家則天乃召以為洛州司馬他日又求賢仁傑曰臣前言張柬之猶未用也則天曰已遷之矣仁傑曰臣薦之請為相也今為洛州司馬非用之也

乃遷秋官侍郎及姚崇將赴靈武則天令舉外司堪為宰相者姚崇曰張柬之沉厚有謀能斷大事且其人年老陛下急用之登時召見以為同鳳閣鸞臺平章事年已八十矣與桓彦範敬暉袁恕己崔玄輝等誅討二張興復社稷忠冠千古功格皇天云

張沛為同州刺史任正名為録事參軍劉幽求為朝邑尉沛奴下諸寮獨呼二人為劉大任大若平常交玄宗誅韋庶人沛兄陟為殿中監伏法并及沛沛將出

就刑正名時在假内聞之退出止沛曰朝廷初有大
艱同州京之左輔奈何單使一至使害州將請以死
守之於是覆奏而理沛於獄曰正名若死使君可憂
不然無慮也時幽求方立元勲居中用事遂免沛于
難劉幽求既翊戴睿宗後為中書令崔湜所搆放于
番禺湜令南海都尉周利貞殺之時王晙為桂州都
督知利貞希時宰意留幽求于桂州利貞屢移牒索
之晙終不遣湜又切逼晙遣幽求晙報曰劉幽求有

社稷大功窮投于荒裔無當死之罪奈何坐觀夷滅
耶幽求俱不全謂晙曰吾忤大臣而見保恐不可全
徒仰累耳晙曰足下所犯非辜明也晙如獲罪放于
滄海亦無所恨竟不遣俄而湜誅幽求復登用也
韓琬少負才華長安中為高郵主簿使于都塲以州縣
徒勞率然題壁曰筋力盡於高郵容色衰於主簿豈
言行之鄙而友朋之過歟景龍中自亳州司戸應制
集于京吏部員外薛欽緒考琬策入高等謂琬曰今

日非友朋之過歟昔嘗與魏知古崔璩盧藏用聽涅槃經于大雲寺會食之舊舍偶見題壁諸公曰此高主簿歎後時耶顧問主人方知足下即未有含蓄意祈以相汲今日方申琬謝之曰士感知己豈期十年之外見君子之深心乎

張嘉貞落魄有大志亦不自異亦不下人自鄉丞免歸鄉里布衣環堵之中蕭然自得時人莫之知也張循憲以御史出還次蒲州驛循憲方復命使務有不決

者意頗病之問驛吏曰此有好客乎驛吏白以嘉貞循憲召與相見咨以其事積時疑滯者嘉貞隨機應之莫不豁然及命草表又出其意外他日則天以問循憲具以實對因請以己官讓之則天曰卿能舉賢美矣朕豈可無一官自進賢耶乃召見内殿隔簾與語嘉貞儀貌甚偉神彩俊傑則天甚異之因奏曰臣生於草莱目不覩闕庭之事陛下過聽引臣天庭此萬代之一遇然咫尺之間若披雲霧臣恐君臣之道

有所未盡則天曰善遽命卷簾翌日拜監察御史開元初拜中書舍人遷并州長史天平軍節度使有告其反者鞫之無狀玄宗將罪告事者嘉貞諫曰准法告事不實雖有反坐此則不然天下無虞重兵利器皆委邊將若告事一不當隨而罪之臣恐握兵者心生為他日之患且臣備陛下腹心不宜為臣以絕言事之路玄宗大悅許以衡軸處之嘉貞因曰臣聞時難得而易失及其過也雖賢聖不能為昔馬周起徒

步謁聖主血氣方盛太宗用之盡其才纔五十而終向用稍晚則無及已今臣幸少壯陛下不以臣不肖雅宜及時用之他日衰老何能為也玄宗曰卿第往太原行當召卿卒用之為相在職尚簡易善疏決論者稱之

姜皎薦源乾耀玄宗見之驟拜為相謂左右曰此人儀形莊肅似蕭至忠朕故用之左右對曰至忠以犯逆死陛下何故比之玄宗曰我為社稷計所以誅之然

其人信美才也至忠嘗與友人期衢中俄而雪下人
或止之至忠曰焉有與人期畏雪不去遂命駕徑往
立於雪中深尺餘期者方至及登廊廟居亂后邪臣
之間不失其正出為晉州刺史甚有異績晚年失職
為太平公主所引與之啚事以及於禍害玄宗謂宰
臣曰從工部侍郎有得中書侍郎者否對曰任賢用
能非臣等所及上曰蘇頲可除中書侍郎仍令移入
政事院便供政事食明日加知制誥有政事食自頲

始也及入謝固辭上曰朕常欲用卿每有一好官闕即望諸宰臣論及此皆卿之故人遂無薦者朕嘗為卿歎息中書侍郎朕極重惜自陸象先歿後朕每思無出卿者俄而弟詵為給事中頲上表陳讓上曰古來有内舉不避親者乎頲曰晉大夫祁奚是也上曰若然朕自用蘇詵何得屢言近日卿父子猶同見弟中書有何不得卿言非至公也他日謂頲曰前朝有李嶠蘇味道時謂之蘇李朕今有卿及李乂亦不謝

之卿所制文誥朕自識之自今已後進書皆須別錄

一本云臣某撰朕便留篋中也至今為故事

大唐新語卷六

總校官候補知府臣葉佩蓀
校對官學正臣常循
謄録監生臣邱太猷

唐·劉肅撰

大唐新語

（二）

中國書店

詳校官御史臣莫瞻菉

大唐新語卷七

唐　劉肅　撰

識量

大理卿孫伏伽自萬年縣法曹上書論事擢侍書御史即御史中丞也雖承内旨而制命未下伏伽自朝還家而卧不形顔色斯須侍御史已下造門子孫驚喜以報伏伽伏伽徐起以見之時人方之顧雍伏伽與

張玄素隋末俱為尚書令史既官達後伏伽譚論之際了不諱之太宗嘗問玄素玄素以實對既出神彩沮喪如有所失衆咸推伏伽之雅量

高麗莫離支蓋蘇文貢白金褚遂良進曰莫離支弑其君陛下以之興兵將吊伐為遼東之人報主之恥古者討弑君之賊不受其賂宋督遺魯君以郜鼎桓公受之于太廟臧哀伯諫以為不可春秋書之百王所法受不臣之篚篚納弑逆之朝貢不以為愆何以示

後臣謂莫離支所獻不宜受太宗從之

王方慶為鳳閣侍郎知政事患風俗偷薄人多苟且乃奏曰准令式齊衰大功未葬並不得朝會仍終喪不得參讌樂比來朝官不依禮法身有哀慘陪廁朝賀手舞足蹈公違憲章名教既虧實玷皇化請申明程式更令禁止則天從之方慶周司空褒之曾孫博通郡書所著論凡二百餘卷尤精三禮好事者多訪之每所酬答咸有典據時人編次之名曰禮雜問聚書

甚多不減秘閣至于圖畫亦多異本子駿工札翰善琴碁少聰悟而性嚴整歷殿中侍御史

徐有功為秋官郎中司刑少理歷居法官數折大獄持平守正不以死生易節全活者數十百家有鹿城主簿潘好禮者慕其為人乃著論稱有功斷獄賢於張釋之其畧曰釋之為廷尉天下無冤人有功之斷獄亦天下無冤人然釋之所行甚易徐之所行甚難難易之間優劣可知矣君子以為知言

狄仁傑為内史則天謂之曰卿在汝南甚有善政欲知卿者乎仁傑謝曰陛下以臣為過臣當改之陛下明臣臣之幸也若臣不知譖者並為友善臣請不知則天深加歎焉

張文瓘為侍中同列宰相以政事堂供膳珍美議減其料文瓘曰此食天子所以重樞機待賢才也若不任其職當自陳乞以避賢不宜減削公膳以邀虚名國家所費不在于此苟有益于公道斯不為多也初為

大理卿句日決遣疑獄四百餘條無一人稱屈文瓘嘗卧疾繫囚設齋以禱焉及還侍中諸囚一時慟哭其得人心如此四子潛沛洽涉皆至三品時人呼為萬石張家咸以為福善之應也

房光庭任俠不拘小節薛昭坐流放而投光庭光庭匿之既露御史陸遺逼之急光庭懼乃見執政執政詰之曰公郎官何為匿此人光庭曰光庭與薛昭有舊途窮而歸光庭且其所犯非大故光庭得不納之耶

若擒以送官居廟堂者復何以見待執政義之出為磁州刺史

神龍初將合祔則天于乾陵給事中嚴善思上疏曰漢時諸陵皇后多不合葬魏晉已來始有合葬伏願依漢朝之故事改魏晉之頹綱于乾陵之旁更擇吉地疏奏不納有識之士咸是之

開元初𤣥宗詔太子賓客元行冲修魏徵撰次禮記疏擬行之于國學及成奏上之中書令張說奏曰令上

禮記是戴聖所編歷代傳習已向千載著為經教不
可刊削至魏孫炎始改舊本以類相比有同鈔書先
儒所非竟不得用貞觀中魏徵因炎舊書更加釐訛
兼為之注先朝雖加錫賚其書亦竟不行今行沖勒
成一家然與先儒義乖章句隔絶若欲行用竊恐未
可詔從之留其書於內府竟不頒下時議以為說之
通識過于魏徵
玄宗嘗賜握兵都將郭知運等內人天平軍節度太原

尹王皎獨不受上表曰臣事君猶子事父在三之義寧有等差豈有經侍宫闈臣子敢當恩貺以死自誓固辭不受優詔許之

張說拜集賢學士于院廳讌會舉酒說讓不肯先飲謂諸學士曰學士之禮以道義相高不以官班為前後說聞高宗朝修史士有十八九人時長孫太尉以元舅之尊不肯先飲其中九品官者亦不許在後乃取十九杯一時舉飲長安中說修三教珠英當時學士

亦高卑懸隔至于行立前後不以品秩爲限也遂命數杯一時同飲時議深賞之

李適之性簡率不務苛細人吏便之雅好賓客飲酒一斗不亂延接賓朋晝決公務庭無留事及爲左相每事不讓李林甫林甫憾之密奏其好酒頗妨政事玄宗惑焉乃除太子少保適之遽命親故歡會賦詩曰避賢初罷相樂聖且銜杯爲問門前客今朝幾个來舉朝伏其度量適之在門下也性疎而不忌林甫嘗

賣之曰華山之下有金鑛焉採之可以富國上未之知耳適之心善其言他日欵曲奏之玄宗大悅顧問林甫對曰臣知之久矣華山陛下本命王氣所在不可發掘故臣不敢言適之由是漸見疎退林甫陰搆陷之貶于袁州遣御史羅希奭就州處置適之聞命排馬牒到仰藥而死子霅亦見害

牛仙客為涼州都督節財省費軍儲所積萬計崔希逸代之具以聞詔刑部尚書張利貞覆之有實玄宗大

悅將拜為尚書張九齡諫曰不可尚書古之納言有唐已來多用舊相居之不然歷踐內外清貴之地妙有德望者充之仙客本河湟一吏典耳拔昇清流齒班常伯此官邪也又欲封之良為不可漢法非有功不封唐遵漢法太宗之制也邊將積穀帛繕兵器葢將帥之常務陛下念其勤勞賞之玉帛可也尤不可裂地封之玄宗怒曰卿以仙客寒士嫌之耶若如是卿豈有門籍九齡頓首曰荒陬賤類陛下過聽以文

學用臣仙客起自胥吏目不知書韓信淮陰一壯士耳羞與絳灌同列陛下必用仙客臣亦恥之玄宗不悅翌日李林甫奏仙客宰相材豈不堪一尚書九齡文吏拘于古義失于大體玄宗大悅遂擢仙客為相先是張守珪累有戰功玄宗將授之以宰相九齡諫曰不可宰相者代天理物有其人而後授不可以賞功若開此路恐生人心傳曰國家之敗由官邪也官濫爵輕不可理也若賞功臣即有故事玄宗乃止九

齡由是獲譴自後朝士懲九齡之納忠見忤咸持祿

養恩無敢廷議矣

容恕

崔善為明天文歷算曉達時務為尚書左丞令史惡其

察乃為謗書曰崔子曲如鉤隨時待封侯高宗謂之

曰澆薄之後人多醜政昔北齊奸吏歌斛律明月高

緯闇主遂滅其家朕雖不明幸免斯事乃搆流言者

罪之

李靖征突厥征頡利可汗拓境至于大漠太宗謂侍臣曰朕聞主憂臣辱主辱臣死往者國家草創太上皇以百姓之故稱臣于突厥未嘗不痛心疾首志滅匈奴今勞偏師無往不捷單于稽首恥其雪乎羣臣皆呼萬歲御史大夫溫彥博害靖之功劾靖軍無紀綱突厥寶貨亂兵所分太宗捨而不問及靖凱旋進見謝罪太宗曰隋將史萬歲破突厥有功不賞以罪致戮朕則不然當捨公之罪録公之勲也

契苾何方鐵勒酋長也太宗征遼以為前軍總管軍次白崖城被矟中胷瘡重疾甚太宗親為傅藥及城破勅求得傷何力者付何力令自殺之何力奏曰犬馬猶為主況于人乎彼為其主致命冐白刃而刺臣者是義勇士也不相識豈是寃讐遂捨之

裴玄本好諧謔為戸部郎中時左僕射房玄齡疾甚省郎將問疾玄本戲曰僕射病何須問也有洩其言者既而隨例候玄齡玄齡笑曰裴郎中來玄齡不死矣

劉童為御史東都留臺時藺謩為留守輒役數百人修宮內劉童謂盛夏不宜擅役工力謩拒之曰别奉進旨童奏之詔決謩二十下謫嶺南童後因他事左授臨朐令時有勑令上佐縣令送租謩已為司農卿知出納謩雅知童清介不以曩事嫌惡乃名倉吏謂之曰劉侍御頃在憲司革非懲違今親自送租固無瑕玷數州行納與劉侍御同行亦必無欠折一切令受納更無所問時人賞謩忠恕劉名靈童

蘇良嗣為洛州長史坐妻犯贓左遷蔚州刺史及事釋妻妹詣良嗣初無恨色謂之曰牧守遷轉出入是常不聞有所異也後為荊州長史高宗使中官緣江採異竹植于苑内中官料船載竹所在縱暴還過荊州良嗣因之上疏切諫高宗謂則天曰吾約束不嚴整果為良嗣所怪手詔慰諭便令棄竹于江中荊州舊有河東寺後梁蕭詧為其兄河東王所造良嗣見而驚曰此在江漢之間與河東有何關涉遂奏改之良

嗣寡學深為人所笑

盧承慶為吏部尚書總章初校內外官考有一官督運遭風失米承慶為之考曰監運損糧考中下其人容止自若無一言而退承慶重其雅量改注曰非力所及考中上衆推承慶之弘恕

皇甫文備與徐有功同案制獄誣有功黨逆人奏成其罪後文備為人所告有功訊之枉寬或謂有功曰彼曩將陷公於死今公反欲出之何也有功曰爾所言

者私忿我所守者公法安得以私害公乎
婁師德弱冠進士擢第上元初吐蕃强盛詔募猛士以
討之師德以監察御史應募高宗大悦授朝散大夫
專慾邊任前後四十餘年恭勤接下孜孜不怠而樸
忠沉厚心無適莫狄仁傑入相也師德密薦之及為
同列頗輕師德頻擠之外使師德知之而不憾則天
覺之問仁傑曰師德賢乎對曰為將謹守賢則臣不
知又問師德知人乎對曰臣嘗同官未聞其知人則

天曰朕之用卿師德所薦也亦可謂知人矣仁傑大
慙而退歎曰婁公盛德我爲其所容莫窺其際也當
危亂之朝屠滅者接踵而師德以功名終始識者多
之初師德在廟堂其弟某以資高拜代州都督將行
謂之曰吾以不才位居宰相汝今又得州牧叨據過
分人所嫉也將何以終之弟對曰自今雖有唾某面
者亦不敢言但自拭之庶不爲兄之憂也師德曰此
適爲吾憂也夫前人唾者發於怒也汝今拭之是逆

前人怒也唾不拭將自乾何如笑而受之弟曰謹受教師德與人不競皆此類也

楊再思為左武尉使于京舍于客院盜者竊其囊袋邂逅過之盜者謝罪再思曰足下有遺行勿復聲恐傍人害足下但留公文餘並仰遺不形顏色時人莫測其量累官至納言則天朝旱澇輙閉坊市南門以禳之再思晨入朝值一重車將牽出西門峻而又滑駁者遽叱牛不前乃罵曰一羣癡宰相不能和得陰陽

而閉坊門遣我滙行如此辛苦再思徐謂之曰你牛亦自弱不得嗔他宰相

陸象先爲蒲州刺史有小吏犯罪但慰勉而遣之録事曰此例皆合與杖象先曰人情相去不遠此豈不解吾意若論必須行杖當自汝始録事慙懼而退常謂人曰天下本自無事只是愚人擾之始爲煩耳但靜其源何憂不清簡前後歷典數州其政如一人吏咸思之

端午日玄宗賜宰相鍾乳宋璟既拜賜而命醫人鍊之醫請將歸家鍊于弟諫曰此乳珮異他者不如令付之歸恐招欺换璟誡之曰自隱爾心然疑他心耶伏信示誠猶恐不至矧有猜責豈可得乎

知微

隋吏部侍郎高構典選銓綜至房玄齡杜如晦愕然正視良久降階抗禮延入内齋共食謂之曰二賢當爲興王佐命位極人臣杜年稍減於房耳顧以子孫爲

託因謂裴矩曰僕閱人多矣未見此賢嗟仰不已貞觀初如晦終右僕射玄齡至司空咸如構言

房玄齡與杜如晦友善慨然有匡主濟時之志開皇中隋父彥謙至長安時天下寧晏論者以為國祚無疆玄齡密告彥謙曰隋帝盜有天下不為後嗣長計混淆嫡庶使相傾奪今雖清平其亡可翹足而待彥謙驚止之因謂友人李少適曰主上性多忌刻不納諫諍太子卑弱諸王擅威唯行苛酷之政不弘遠大之

略令雖少安吾憂其危亂矣少適以爲不然大業之季其言皆驗及義師濟河玄齡杖策謁于軍門太宗以爲謀主每歎曰昔光武云自吾得鄧禹人益親寡人有玄齡亦猶禹也佐平天下及終相位凡三十二年號爲賢相然無跡可尋爲唐宗臣宜哉

李靖既平突厥傾其種落言於太宗曰陛下五十年後當憂北邊至高宗末突厥果爲患突厥初平溫彥博議遷其人於朔方以實空虛之地魏徵以爲不可曰

夷不亂華非長久之計開元中六胡果叛咸如徵言

李勣少與鄉人翟讓聚衆為盜以李密為主言於密曰天下大亂本為饑苦若得黎陽一倉大事濟矣遂襲取之時在饑餓就倉者數十萬人魏徵高季輔杜正倫郭孝恪皆客遊勣一見便加禮敬引之卧內譚謔無倦及平武牢獲戴冑亟推薦咸至大官時稱勣有知人之鑒

侯君集得幸於太宗命李靖教其兵法既而奏曰李靖

將反至隱微之際輙不以示臣太宗以讓靖靖對曰
此君集反耳今中夏乂安臣之所教足以安制四夷
矣今君集求盡臣之術者是將有異志焉時靖為左
僕射君集為兵部尚書俱自朝還省君集馬過門數
步而不覺靖謂人曰君集意不在人必將反矣至十
七年四月大理因紇干承基告太子承乾漢王元昌與
侯君集反太宗大驚亟命召之以出期不鞫問且將
貸其死羣臣固争遽請斬之以明大法謂之曰與公

長訣矣遂歔欷下泣君集亦自投于地遂戮於四達之衢君集謂監者曰君集豈反者乎蹉跌至此昔日藩邸早承羈紲擊滅二虜頗有微功為言於陛下乞令以主禋祀太宗特原其妻并一子為庶人流之嶺南

馬周雅善敷奏動無不中岑文本謂人曰吾觀馬君論事多矣援引事類揚榷古今舉要删蕪言辯而理切奇鋒高論往往間出聽之靡靡令人忘倦然鳶肩火

色騰上必速死恐不能久矣無何而卒如文本言

秦叔寶屬隋將來護兒帳內寶母死護兒遣使弔之軍吏咸怪曰士卒遭喪多矣將軍未嘗降問弔叔寶何也護兒曰此人勇有志節吾豈以卑賤處之叔寶後事李密密敗入王世充程齩金謂叔寶曰充好為呪誓乃師老嫗耳豈是撥亂主乎後充拒王師二人統兵戰馬上揖充而降太宗甚重之功名克成死於牖下皆萬人敵也

太宗破高麗於安市城東南斬首二萬餘級降者三萬餘人俘獲牛馬十萬餘匹因名所幸山為駐蹕山許敬宗為文刻石紀功焉中書舍人敬播曰聖人與天地合德山名駐蹕此蓋天意鑾輿不復更東矣自七月攻安市城拔乃班師焉

魏王泰有寵於太宗所給月料逾於太子褚遂良諫曰聖人制禮尊嫡卑庶故立嫡以長謂之儲君其所承也重矣俾用物不計與王者共之庶子雖賢不是正

嫡先王所以塞嫌疑之漸除禍亂之源伏見儲君料物翻少魏王陛下非所以愛子也文多不盡載太宗納之

李義府僑居于蜀袁天綱見而奇之曰此郎君貴極人臣但壽不長耳因請舍之託其子曰此子七品相顧公提挈之義府許諾因問天綱壽幾何對曰五十二外非所知也安撫使李大亮侍中劉洎等連薦之召見試令詠烏立成其詩曰日裏颺朝彩琴中伴夜啼

上林許多樹不借一枝棲太宗深賞之曰我將全樹借汝豈唯一枝自門下典儀超拜監察御史其後位壽咸如天綱之言

李嗣真常與朝列同過太清觀道士劉槩輔儼為設樂嗣真曰此樂宮商不和君臣相阻之徵也角徵失次父子不和之兆也殺聲既多哀調又苦若國家無事太子受其咎矣居數月章懷太子果為則天所擯廢為庶人死于巴州劉槩輔儼奏其事自始平令擢為

太常丞也

魏元忠本名真宰儀鳳中以封事召見高宗與語無所屈撓慰喻遣之忠不舞蹈而出高宗印送之謂中書令薛元超曰此書生雖未解朝廷禮儀名以定體真宰相也則天時為酷吏羅織下獄有詔出之小吏先聞以告元忠驚喜問汝名何曰元忠乃改名為元忠也

裴行儉少聰敏多藝立功邊陲屢克兇醜及為吏部侍

郎賞拔藴味道王勮曰二公後當相次掌鈞衡之任
勮勃之兄也時李敬玄盛稱王勃楊炯等四人以示
行儉曰士之致遠先器識而後文藝也勃等雖有才
名而浮躁淺露豈享爵者楊稍似沉静應至令長並
鮮克令終卒如其言

王及善爲文昌左相國因内宴見張易之兄弟恃寵無
人臣禮數奏抑之則天不悦謂及善曰卿既無事更
有遊宴但檢校閣中不須去也及善因請假月餘則

天不之問及善歎曰豈有宰相而天子得一月不見
乎事可知矣乃乞骸骨

李逈秀任考功員外知貢舉有進士姓崔者文章非佳
逈秀覽之良久謂之曰第一清河崔郎儀貌不惡鬚
眉如戟精彩甚高出身處可量豈必要須進士再三
慰喻而遣之聞者大噱焉

玄宗東封迴右丞相張説奏言吐蕃醜逆誠負萬誅然
國家久事征討實亦勞止今甘凉河鄯徵發不息已

數十年于茲矣雖有剋捷亦有敗軍此誠安危之時也聞其悔過請和惟陛下許其稽顙以息邊境則蒼生幸甚玄宗曰待與王君㚟籌之說出謂源乾曜曰君㚟勇而無謀好兵以求利兩國和好何以為功彼若入朝則吾計不行矣竟如其言說懼君㚟黷兵終致傾覆時巂州獲鬬羊因上鬬羊表以諷焉玄宗不納至十五年九月吐蕃果犯瓜州殺刺史田元獻并害君㚟大殺掠男女取軍貲倉糧而去君㚟馳赴肅

州以襲之還至甘州鞏篭驛而為吐蕃所擊師徒大敗君㚟死之咸如說言

大唐新語卷七

欽定四庫全書

大唐新語卷八

唐 劉肅 撰

聰敏第十六

貞觀中有雉雊集於東宫明徳殿太宗問羣臣曰是何祥也褚遂良對曰昔秦文公時有童子化為雉雌者鳴於陳倉雄者鳴於南陽童子言曰得雄者王得雌者霸文公以為寳雞祀漢光武膺得雄之祥遂起南

陽而有四海陛下舊封秦王故雄雉見於秦地所以彰明德也太宗悅曰立身之道不可無學遂良博識深重可也

秦府倉曹李守素尤譜氏族時人號爲內譜虞世南語人曰昔任彦昇善譚經籍稱爲五經笥今宜改倉曹爲人物志

太宗嘗出行有司請載書以從太宗曰不須虞世南在此行秘書也南爲秘書監於省後堂集羣書中奥義

皆應用者號壯堂書鈔今此堂猶存其書盛行於代

盧莊道年十三造於父友高士廉以故人子引坐會有

獻書者莊道竊窺之請士廉曰此文莊道所作士廉

甚怪之曰後生何輕薄之行莊道請諷之果通復請

倒諷又通士廉請敘良久莊道謝曰此文實非莊道

所作向竊記之耳士廉即取他文及案牘試之一覽

倒諷并呈己作文章士廉具以聞太宗召見策試擢

第十六授河池尉滿復制舉擢甲科召見太宗識之

曰此是朕聰明小兒耶授長安尉太宗將錄囚徙京
宰以莊道幼年懼不舉欲以他尉代之莊道不從但
閑暇不之省也時繫囚四百餘人令丞深以為懼翌
日太宗召囚莊道乃具狀以進引諸囚入莊道評其
輕重留繫月日應對如神太宗驚異即日拜監察御
史

馮智戴高州首領盎之子貞觀初奉盎并入朝太宗聞
其善兵法試指山際雲以問之曰其下有賊今日可

擊否對曰可擊問何以知之對曰雲形似樹日辰在金金能制木擊之必勝太宗奇之授左武衛將軍

王義方博學有才華杖策入長安數月名動京師勑宰相與語侍中許敬宗以員外郎獨孤悊有詞學命與義方譚及史籍屢相詰對義方驚曰此郎何姓悊曰獨孤義方曰識字耶悊不平之左右亦憤憤斯須復相詰乃錯亂其言謂悊曰長孫識字耶若此者再三悊不勝忿怒對敬宗毆之敬宗曰此拳雖俊終不可

為乃黜憼拜義方為侍御史

賈嘉隱年七歲以神童召見時太尉長孫無忌司空李勣於朝堂立語李戲之曰吾所倚者何樹嘉隱對曰松樹李曰此槐也何忽言松嘉隱曰以公配木則為松樹無忌連問之曰吾所倚者何樹嘉隱曰槐樹無忌曰汝不能復矯對耶嘉隱應聲曰何須矯對但取其以鬼配木耳勣曰此小兒作獠面何得如此聰明嘉隱又應聲曰胡面尚為宰相獠面何廢聰明勣狀

貌胡也

賈言忠數歲記諷書一日萬言七歲神童擢第事親以
孝聞遷監察御史時有事遼海委以支度軍糧還奏
便宜遷侍御史高宗問遼東事意言忠奏遼東可平
畫其山川地勢皆如目見又問諸將所能言忠對曰
李勣先朝舊臣聖鑒所委龐同善雖非鬬將所持軍
嚴整薛仁貴勇冠三軍名可震敵高偘儉素自處忠
果有謀契苾何力沈毅持重有統禦才頗翦之傳諸

將夙夜小心忠身憂國莫逮於李勣高宗深納之累

遷吏部員外

魏奉古制舉推第授雍邱尉嘗日公讌有客草序五百

言奉古覽之曰皆舊文援筆倒疏之草序者默然自

失列坐撫掌奉古徐笑曰適覽記之非舊習也由是

知名時姚珽莅汴州羣寮畢謁珽召奉古前曰此聰

明尉耶他日持廢目令示奉古奉古一覽便諷千餘

言珽驚起曰仕宦四十年未嘗見此終兵部侍郎

裴琰之弱冠為同州司户但以行樂為事畧不視案牘刺史李崇儀怪之問户佐户佐對司户小兒郎不閑書判數日崇儀謂琰之曰同州事物殷繁司户尤甚公何不别求京官無為滯此司也琰之唯諾復數日曹事委積衆議以為琰之不知書但遨遊耳他日崇儀召入勵而責之琰之出問户佐曰文案幾何對曰急者二百餘道琰之曰有何多如此逼人命每案後連紙十張令五六人供研墨點筆琰之不上廳語主

案者畧言其事意倚柱而斷之詞理縱橫文筆燦爛
手不停綴落紙如飛傾州官寮觀者如堵既而迴案
於崇儀崇儀曰司户觧判邱户佐曰司户大高手筆
仍未之竒也比四五案崇儀悚怍召琰之降階謝曰
公詞翰若此何忍藏鋒以成鄙夫之過由此名動一
州數日聞於京邑除雍州判司子灌開元中為吏部
尚書
李嗣真聰敏多才能以許州判佐直弘文館高宗東封

還幸孔子廟詔贈太師命有司為祝文司文郎中富少頳沙直擬進不稱旨御筆裂破付左寺丞賀蘭敏之已下戰慄遽召嗣真舉筆立成其章句云庶能不遺百代助損益而可知永鑒千年同比肩而為友高宗覽之問曰誰作此文有司言嗣真高宗曰此人郁解我意遂有此句詔加兩階時敏之恃寵驕盈嗣真審其必敗謂所親曰久蔭大樹或有顛墜吾屬無頼矣因饑年諷執政求出為義烏令敏之則天姊子也

無何果敗

天授中壽春郡王成器等五人同日冊命有司忘載冊文及百寮在列方知闕禮宰臣已下相顧失色中書舍人王劇立召小吏五人各執筆口授分寫斯須而畢詞理典贍舉朝歎伏

唐休璟為靈武大總管諳練邊事自碣石西逾四鎮綿亘萬里山川要害皆記在目前先是突厥與諸蕃相攻安西道絶表奏狎至則天令宰臣商度事宜休璟

俄頃草奏便施行居十餘日安西道果奏請兵馬應
接程期一如所畫則天謂休璟曰恨用卿晚乃委以
政事謂魏元忠等曰休璟諳練邊事卿等十當一也
玄宗幸成都給事中裴士淹從士淹聰悟柔順頗精歷
代史玄宗甚愛之馬上偕行得備顧問時肅宗在鳳
翔每有大除拜輒啓聞房琯為將玄宗曰此不足以
破賊也歷評諸將並云非滅賊材又曰若姚崇在賊
不足滅也因言崇之宏才遠畧語及宋璟玄宗不悦

曰彼賣直以沽名耳歷數十餘人皆當其目至張九齡亦甚重之及言李林甫曰妬賢嫉能亦無敵也士淹因啓曰既知陛下何用之久耶玄宗默然不應

文章第十七

杜淹爲天策府兵曹楊文幹之亂流越嶲大宗戡内難以為御史大夫因詠雞以致意焉其詩曰寒食東郊道陽溝競草籠花冠偏照日芥羽正生風顧敵知心勇先鳴覺氣雄長翹頻掃陣利距屢通中飛毛遍緑

野灑血漬方穀雖云百戰勝會自不論功淹聰辯多才藝與韋福嗣為莫逆之友開皇中相與謀曰主上好嘉遁蘇威以幽人見擢盡各效之乃俱入太白佯言隱逸隋文帝聞之謫戍江表後還鄉里以經籍自娛吏部郎中高構知名表薦之大業末為御史中丞雒陽平將委質於隱太子房玄齡恐資敵遂啟用之尋判吏部尚書參議政事

太宗在雒陽宴羣臣於積翠池酒醉各賦一事太宗賦

尚書曰日昃翫百篇臨燈披五典夏康既逸怠商辛亦沈湎恣情昏主多克已明君鮮滅身資累惡成名由積善魏徵賦西漢曰受降臨軹道爭長趣鴻門驅傳渭橋上觀兵細柳屯夜蒸經栢谷朝遊出杜原終藉叔孫禮方知天子尊太宗曰魏徵每言必約我以禮

李百藥德林之子才行相繼海内名流莫不宗仰藻思沈蔚尤工五言太宗常製帝京篇命其和作歎其精

妙手詔曰卿何身之老而才之壯何齒之宿而意之
新及鑾車告老怡然自得穿地築山以詩酒自適盡
平生之意高宗承貞觀之後天下無事上官儀獨為
宰相嘗凌晨入朝循洛水堤步月徐行詠詩曰脉脉
大川流驅馬歷長洲鵲飛山月曙蟬噪野雲秋音韻
凄響羣公望之如神僊焉

華陰楊炯與絳州王勃范陽盧照隣東陽駱賓王皆以
文詞知名海内稱為王楊盧駱炯與照隣則可全而

盈川之言為不信矣張說謂人曰楊盈川之文如懸河注水酌之不竭既優於盧亦不減王恥居王後則信然愧在盧前則為誤矣

蘇味道使嶺南聞崔馬二侍御入省因寄詩曰振鷺齊飛日遷鸎遠聽聞明光共待漏清鑒各披雲喜得廊廟舉嗟為臺閣分皎林懐栢悅新幄阻蘭猻冠去神羊影車連瑞雉羣獨憐南斗外空仰列星文味道富才華代以文章著稱累遷鳳閣侍郎知政事與張錫

俱坐法繫於司刑寺所司以上相之貴所坐事極輕供待甚備味道終不敢當不乘馬步至繫所席地而卧蔬食而已錫乘馬至寺舍二品院氣色自若帷屏飲膳無忝平居則天聞之原味道而放錫於嶺南

劉懷一有才藻自瀛州司法拜右臺殿中時右臺監察鄧茂遷左臺殿中懷一贈之詩曰惟昔參多議無雙仰異材鷹鸇同放逐鵷鷺忝遊陪入任光三命遷榮歷二臺隔牆欽素躅對閣限清埃紫署春光早蘭闈

曙色催誰憐夕陽至空想鄧林隈

呂太一拜監察御史裏行自負才華而不即真因詠院

中竹葉以寄意焉其詩曰濯濯當軒竹青青重歲寒

心貞徒見賞籜小未成竿同列張沈和之曰聞君庭

竹詠幽意歲寒多歎息為冠小良工將奈何後遷户

部員外户部與吏部鄰司吏部移牒户部令牆宇悉

竪棘以防令史交通太一牒報曰眷彼吏部銓綜之

司當須簡要清通何必竪籬插棘省中賞其俊拔

賀遂亮與韓思彦同在憲臺欽思彦之風韻贈詩曰意氣百年内平生一寸心欲交天下士未面一虚襟君子重名義貞道冠衣簪風雲行可託懷抱自然深落霞静霜景墜葉下風林若上南登岸希訪北山岑思彦酬之曰古人一言重常謂百年輕今投歡會面顧眄盡平生簪裾非所托琴酒冀相併累日同遊處通宵款素誠霜飃知柳脆雪冒覺松貞顧言何所道幸得歳寒名

張宣明有膽氣富詞翰嘗山行見孤松賞翫久之乃賦詩曰孤松鬱山椒肅爽凌平霄既挺千丈幹亦生百尺條青青恒一色落落非一朝大庭今已搆惜哉無人招寒霜十二月枝葉獨不凋鳳閣舍人梁載言賞之曰文之氣質不減於長松也宣明為郭振判官使至三姓咽麪因賦詩曰昔聞班家子筆硯忽然投一朝撫長劍萬里入荒陬豈不厭艱險只思清國讐山川去何歲霜露幾逢秋玉塞已遐廓鐵關方阻修東

都日宵宵西海此悠悠辛使功名建長封萬里侯時
人稱爲絶唱
李嶠少負才華代傳儒學累官成均祭酒吏部尚書三
知政事封鄭國公長壽三年則天徵天下銅五十萬
餘斤鐵三百三十餘萬錢二萬七千貫於定鼎門内
鑄八稜銅柱高九十尺徑一丈二尺題曰大周萬國
述德天樞紀革命之功表皇家之德天樞下置鐵山
銅龍負載獅子麒麟圍遶上有雲蓋蓋上施盤龍以

托火珠珠高一丈圍三丈金彩熒煌光侔日月武三思為其文朝士獻詩者不可勝紀唯嶠詩冠絕當時其詩曰轍跡光西崞勲名紀北燕何如萬國會諷德九門前灼灼臨黄道迢迢入紫煙仙盤正下露高柱欲承天山類叢雲起珠疑大火懸聲流塵作劫業固海成田聖澤傾堯酒熏風入舜絃欣逢下生日還偶上皇年後憲司發嶠附會韋庶人左授滁州别駕而終、開元初詔毁天樞發卒銷爍彌月不盡洛陽尉李休烈賦詩以詠之曰天門街裡倒天樞火急先須卸火珠計合一條絲線挽何勞兩縣索人夫先有訛言云一條線挽天樞言其不經久也故休烈詩及之士庶莫不諷詠天樞之北韋庶人繼造一臺先此毀拆

則天初草命大搜遺逸四方之士應制者向萬人則天御雒陽城南門親自臨試張說對策為天下第一則天以近古以來未有甲科乃屈為第二等其驚句曰昔三監翫常有司既糾之以猛令四罪咸服陛下宜

濟之以寛拜太子校書乃令寫策本於尚書省頒示
朝集及蕃客等以光大國得賢之美
陸餘慶孫海長於五言詩甚為詩人所重性峻不附權
要出牧潮州但以詩酒自適不以遠謫介意題奉國
寺詩曰新秋夜何爽露下風轉淒一聲竹林裡千燈
花塔西題龍門寺詩曰窻燈林靄裡聞磬水聲中更
籌半有會爐煙滿夕風人推其警策
長壽中有滎陽鄭蜀賓頗善五言竟不聞達年老方授

江左一尉親朋餞別於上東門屬賓賦詩留別曰畏途方萬里生涯近百年不知將白首何處入黃泉酒酣自詠聲調哀感滿座為之流涕竟卒於官

神龍之際京城正月望日盛飾燈彩之會金吾弛禁特許夜行貴遊戚屬及下隸工賈無不夜遊車馬駢闐人不得顧王主之家馬上作樂以相誇競文士皆賦詩一章以紀其事作者數百人惟中書侍郎蘇味道吏部員外郭利貞殿中侍御史崔液三人為絕唱味道

詩曰火樹銀花合星橋鐵鎖開暗塵隨馬去明月逐
人來遊妓皆穠李行歌盡落梅金吾不禁夜玉漏莫
相催利貞曰九陌連燈影千門度月華傾城出寶騎
匝路轉香車爛漫唯愁曉周旋不問家更逢清管發
處處落梅花液曰今年春色勝常年此夜風光正可
憐鳷鵲樓前新月滿鳳凰臺上寶燈燃文多不盡載
劉希夷一名挺之汝州人少有文華好為宮體詞旨悲
苦不為時所重善搊琵琶嘗為白頭翁詠曰今年花

落顏色改明年花開復誰在既而自悔曰我此詩似
讖與石崇白首同所歸何異也乃更作一句云年年
歲歲花相似歲歲年年人不同既而歎曰此句復似
向讖矣然死生有命豈復由此乃兩存之詩成未周
為奸所殺或云宋之問害之後孫翌撰正聲集以希
夷為集中之最由是稍為時人所稱
張文成以詞學知名應下筆成章才高位下詞標文苑
等三入科俱登上第轉洛陽尉故有詠鸞詩其末章

云變石身猶重銜泥力尚微從來赴甲第兩起一雙
飛時人無不諷詠累遷司門員外文成凡七應舉四
叅選其判策皆登甲第科員半千謂人曰張子之文
如青銅錢萬揀萬中未聞退時故人號青銅學士久
視中太官令馬仙童陷默啜問張文成何在仙童曰
自御史貶官默啜曰此人何不見用也後暹羅日本
使入朝咸使人就寫文章而去其才遠播如此
魏求己自御史左授山陽丞為詩曰朝昇照日檻夕次

下烏臺風竿一眇邈月樹幾徘徊翼向高標斂聲隨下調哀懷燕首自白非是為年催鄭繇少工五言開元初山範為岐州刺史繇為長史範失白鷹深所愛惜因為失白鷹詩以致意焉其詩曰白晝文章亂丹霄羽翮齊雲間呼暫下雪裡放還迷梁苑驚池鶩陳倉拂野雞不知遼廓外何處別依棲甚為時所諷詠子審亦以文章知名

玄宗朝張説為麗正殿學士常獻詩曰東壁圖書府西

垣翰墨林諷詩關國體講易見天心玄宗深佳賞之優詔答曰得所進詩甚爲佳妙風雅之音悦爲可觀並據才能畧爲賛述具寫别紙宜各領之玄宗自於彩箋上八分書說賛曰德重和鼎功逾濟川詞林秀發翰苑光鮮其徐堅已下並有賛述文多不盡載

張說徐堅同爲集賢學士十餘年好尚頗同情契相得時諸學士凋落者衆唯說堅二人存焉說手疏諸人名與堅同觀之堅謂說曰諸公昔年皆擅一時之美

敢問孰爲先後說曰李嶠崔融薛稷宋之問皆如良金美玉無施不可富嘉謩之文如孤峯絕岸壁立萬仞叢雲鬱興震雷俱發誠可畏乎若施於廊廟則爲駭矣閻朝隱之文則如麗色靚粧衣之綺繡燕歌趙舞觀者忘憂然類之風雅則爲罪矣堅又曰今之後進文詞孰賢說曰韓休之文有如太羹玄酒雖雅有典則而薄於滋味許景先之文有如豐肌膩體雖穠華可愛而乏之風骨張九齡之文有如輕縑素練雖濟

時適用而窘於邊幅王翰之文有如瓊林玉斝雖爛然可珍而多有玷缺若能箴其所闕濟其所長亦一時之秀也

大唐新語卷八

欽定四庫全書

大唐新語卷九

唐 劉肅 撰

著述第十八

太宗欲見前代帝王事得失以為鑒戒魏徵乃以虞世南褚遂良蕭徳言等采經史百家之内嘉言善語明王暗君之跡為五十卷號羣書理要上之太宗手詔曰朕少尚威武不精學業先王之道茫若涉海覽所

撰書博而且要見所未見聞所未聞使朕致治稽古臨事不惑其為勞也不亦大哉賜黴等絹千疋綵物五百段太子諸王各賜一本

貞觀中紀國寺僧慧靜撰續英華詩十卷行於世慧靜嘗言曰作之非難鑒之為貴吾所搜揀亦詩三百篇之次矣慧靜俗姓房有藻識今復有詩篇十卷與英華相似起自梁代迄於今朝以類相從多於慧靜所集而不題撰集人名氏

江淮間為文選學者起自江都曹憲貞觀初揚州長史李襲譽薦之徵為弘文館學士憲以年老不起遣使就拜朝散大夫賜帛三百疋憲以仕隋為秘書學徒數百人公卿亦多從之學撰文選音義十卷年百餘歲乃卒其後句容許淹江夏李善公孫羅相繼以文選教授開元中中書令蕭嵩以文選是先代舊業欲注釋之奏請左補闕王智明金吾衛佐李玄成進士陳居等注文選先是東宮衛佐馮光震入院校文選

兼復注釋解蹲鴟云今之芋子即是著毛蘿蔔院中學士向挺之蕭嵩撫掌大笑智明等學術非深素無修撰之藝其後或遷功竟不就

太宗謂監修國史房玄齡曰比見前後漢史載揚雄甘泉羽獵司馬相如子虛上林班固兩都賦此既文體浮華無益勸戒何暇書之史策今有上書論事詞理可裨於政理者朕或從或不從皆須備載

代有釋曇剛製山東士大夫類例三卷其假冒者悉不

錄署云相州僧曇剛撰左散騎常侍柳沖亦明氏族
中宗朝為相州刺史詢問舊老咸云自隋朝以來不
聞有僧曇剛蓋懼見害於時而匿其名氏耳
開元初左庶子劉子玄奏議請廢鄭子孝經依孔注老
子請停河上公注行王弼注易傳非子夏所造請停
引令古為證文多不盡載其畧曰令所行孝經題曰
鄭氏爰在近古皆云是鄭玄而魏晉之朝無有此說
後魏北齊之代立於學宫蓋虜俗無識故致斯謬今

驗孝經非鄭玄所注河上公者漢文帝時人菴於河上因以為號以所注老子授文帝因沖空上天此乃不經之鄙言習俗之虛語桒藝文志注老子有三家而無河上公注雖使纔别朱紫粗分菽麥亦皆嗤其過謬況有識者乎藝文志易有十三家而無子夏傳子玄爭論頗有條貫會蘇宋文吏拘於流俗不能發明古義竟排斥之深為識者所歎

梁載言十道志解南城山引後漢書云鄭玄遭黄巾之

難客於徐州今者有孝經序相承云鄭氏所作其序曰僕避難於南城山棲遲巖石之下念昔先人餘暇述夫子之志而注孝經蓋康成胤孫所作也陸德明亦云案鄭志及晉中經部並無唯晉穆帝集講孝經云以鄭注為主今驗孝經注與康成所注五經體並不同則劉子玄所證信有徵矣

蕭何封酇侯先儒及顏師古以酇為南陽筑陽之城筑陽今屬襄州竊以凡封功臣多就本土蓋欲榮之也

張良封留侯是為成例桑班固何須穿鑿更制别音乎

劉子玄直史館時宰臣蕭至忠紀處訥等並監修國史子玄以執政秉權事多掣肘辭以著述無功求解史任奏記於至忠等其畧曰伏見每汲汲於勸誘勤勤於課責云經籍事重努力用心或歲序已奄何時輟手綱維不舉督課徒勤雖威以刺骨之刑勗以懸金之賞終不可得也語云陳力就列不能者止僕所以

比者布懷知已歷訟犀公屢辭載筆之官欲罷記言之職者正爲此耳當今朝號得人國稱多士蓬山之下良直比肩芸閣之間英奇接武僕旣功虧刻鵠筆未獲麟徒彌太官之膳虛索長安之米乞以本職還其舊居多謝簡書請避賢路文多不盡載至忠惜其才不許宗楚客惡其正直謂諸史官曰此人作書如是欲置我於何地子玄著史通二十篇備陳史冊之體

開元十年玄宗詔書院撰六典以進時張説為麗正學士以其事委徐堅沈吟歲餘謂人曰堅承乏已曾七度修書有憑准皆似不難唯六典歷年措思未知所從説又令學士毋嬰等檢前史職官以令式分入六司以今朝六典象周官之制然用功艱難綿歷數載其後張九齡委陸善經李林甫委苑咸至二十六年始奏上百寮陳賀迄今行之

開元十二年沙門一行造黃道游儀以進玄宗親為之

序文多不盡載其畧曰孰為天大此焉取則均以寒
暑分諸晷刻盈縮不愆列舍不忒制器垂象永鑒無
惑因遣太史官馳往安南及蔚州測候日影經年乃
定
玄宗謂張説曰兒子等欲學綴文須檢事及看文體御
覽之輩部帙旣大尋討稍難卿與諸學士撰集要事
并要文以類相從務取省便令兒子等易見成就也
説與徐堅韋述等編此進上詔以初學記為名賜修

撰學士柬帛有差其書行於代

道家有庚桑子者代無其書開元末襄陽處士王源撰亢倉子兩卷以補之序云莊子謂之庚桑子史記作亢桑子列子作亢倉子其實一也源又取莊子庚桑楚一篇爲本更取諸子文義相類者合而成之亦行於代

從善第十九

魏徵嘗取還奏曰人言陛下欲幸山南在外裝束悉了

而竟不行何因有此消息太宗笑曰當時實有此心畏卿嗔遂停耳

韋悰為右丞勾當司農木橦七十價百姓四十價奏其隱没太宗切責有司召大理卿孫伏伽亟書司農罪伏伽奏曰司農無罪太宗駭而問之伏伽曰只為官木橦貴所以百姓者賤向使官木橦賤百姓無由賤但見司農識大體不知其過也太宗深賞之顧謂韋悰曰卿識用欲逮伏伽遠矣

貞觀中金城坊有人家為胡所刼者久捕賊不獲時楊纂為雍州長史判勘京城坊市諸胡盡禁推問司法叅軍尹伊異判之曰賊出萬端詐偽非一亦有胡著漢帽漢著胡帽亦須漢裏兼求不得胡中直覔請追禁西市胡餘請不問纂初不同其判遽命沈吟少選乃判曰纂輸一籌餘依判太宗聞之笑曰朕用尹伊楊纂聞義伏輸一籌朕復得幾籌耶俄果獲賊尹伊嘗為坊州司戶尚藥局牒省索杜若省符下坊州供

送伊判之曰坊州本無杜若天下共知省符忽有此科應由謝脁詩誤華省曹郎如此判豈不畏二十八宿向下笑人由是知名改補雍州司法

郭翰為御史巡察隴右所經州縣多為按劾次於寧州時狄仁傑為刺史風化大行翰纔入境耆老薦揚之狀已盈於路翰就館以州所供紙筆置於案召府寮曰入境其政可知願成使君之美無為久留徒煩擾耳即命駕而去翰性寬簡不苛讀老子至和其光同

其塵慨然歎曰大雅君子明哲以保其身乃祈執政
辭以儒門不願持憲改授麟臺郎時劉禕之坐賜死
既洗沐而神色自若命其子草謝死表其子良號將
絶不能書監刑者催逼之禕之乃自操紙援筆即成
詞理懇至見者無不傷痛時翰讀之爲宦者所奏左
授丞州司户俄而徵還
陸象先爲益州長史奏嘉邛路遠請鑿岷山之南以從
捷近發卒從役居人不堪多道亡瘉死行旅無利左

拾遺張宣明監姚巂諸軍事兼招慰使仍親驗其路

審其難險移牒益州曰此路高山臨雲深谷無景至

有斗絶巨險殆不通人蹤經之者必搏壁傍崖脅息

而度雖竟日登頓二十許里木人猶堪淚下鐵馬亦

可蹄穿象先覽之兢惕遽罷役仍舊路以闢蜀人賴

焉

諛佞第二十

太宗嘗止一樹下曰此嘉樹宇文士及從而美之不容

口太宗正色謂之曰魏徵嘗勸我遠佞人我不悟佞人為誰矣意常疑汝而未明也今乃果然士及叩頭謝曰南衙羣臣面折廷諍陛下常不舉首今臣幸在左右若不少順從陛下雖貴為天子復何聊乎太宗怒乃解

代州都督劉蘭謀反腰斬之將軍邱行恭希旨探心肝而食太宗責之曰典自有常科何至如此若食逆者心肝而為忠孝則蘭之心肝當為太子諸王所食豈

到汝乎行恭懃謝而退蘭本青州明經遇亂爲鄉里所稱保完青郡遠近歸之初降李密密敗歸國在代州爲遊客所告遂族滅

許敬宗父善心與虞基同爲宇文化及所害封德彝時爲内史舍人備見其事貞觀初敬宗以便佞爲恩德彝薄其爲人每謂人曰虞基被戮虞南匍匐以請代善心橫死敬宗蹈舞以求生敬宗深愧恨爲初煬帝之被戮也隋官賀化及善心獨不至化及以其人望

而釋之善心又不舞蹈由是見害及為封德彝立傳盛加其罪惡掌知國史記注不直論者尤之與李義府贊立則天屠害朝宰公卿以下重足累息移皇家之社稷勸生人之性命敬宗手推轂焉子昂頗有才藻為太子舍人母裴氏早卒裴侍婢有姿色敬宗以為繼假姓虞氏昂素與之通敬宗奏昂不孝流於嶺南又納資數十萬嫁女與蠻酋領馮盎子及監門將軍錢九隴敘其閥閱又為子娶尉遲寶琳孫女利其

金帛乃爲寶琳父敬德修傳隱其過咎太宗作威鳳賦賜長孫無忌敬宗改云賜敬德其虛美隱惡皆此類也敬宗卒博士袁思古等議曰敬宗位以才昇歷居清級棄長子於荒徼嫁少女於夷落聞詩聞禮事絶於家庭納采問名唯同於黷貨易名之典須憑實行案謚法名與實爽曰繆請謚爲繆敬宗孫彦伯訴於執政請改謚禮官議以爲既過能改曰恭乃謚爲恭彦伯昂之子也既與思古忿競將於衆中毆之思

古謂曰吾與賢家君報讐緣何反怒彥伯大慙而退
高宗末年苦風眩頭重目不能視則天幸災逞已志潛
遏絶醫術不欲其愈及疾甚召侍醫張文仲秦鳴鶴
軫之鳴鶴曰風毒上攻若刺頭出少血則愈矣則天
簾中怒曰此可斬天子頭上豈是試出血處耶鳴鶴
叩頭請罪高宗曰醫之議病理不加罪且我頭重悶
殆不能忍出血未必不佳朕意決矣命刺之鳴鶴刺
百會及腦户出血高宗曰吾眼明矣言未畢則天自

簾中頂禮以謝鳴鶴等曰此天賜我師也躬負繒實以遺之高宗甚愧焉
則天稱尊號以睿宗為皇嗣居東宮雒陽人王慶之希吉率浮偽千餘人詣闕請廢皇嗣而立武承嗣為太子召見兩淚交下則天曰皇嗣我子奈何廢之慶之曰神不享非類今日誰國而李氏為嗣也則天固諭之令去慶之終不去面覆地以死請則天固遣之乃以内印印紙謂之曰持去矣須見我以示門者當聞

也慶之持紙去來自若此後屢見則天亦煩而怒之命李昭德加杖昭德命左右曳出光政門外昌言曰此賊欲廢皇嗣而立武承嗣命撲之眼耳皆血出乃榜殺之

則天朝嘗三月降雪鳳閣侍郎蘇味道等以為祥瑞草表將賀左拾遺王求禮止之味道曰國家事何為誑妄以賀朝廷求禮曰宰相不能爕理陰陽令三月降雪此災也乃誣為瑞若三月雪是瑞雪臘月雷當為

瑞雷耶舉朝善之遂不賀求禮方正有詞華歷左臺
殿中轉衛王掾而卒
魏元忠為御史大夫卧病諸御史省之侍御史郭霸獨
後見元忠憂形於色請視元忠便液以驗疾之輕重
元忠辭拒霸固請嘗之元忠驚惕霸喜悅曰大夫泄
味甘或難瘳而今味苦矣即日當愈元忠剛直甚惡
其佞露其事於朝廷
張易之兄同休嘗請公卿宴於司禮寺因請御史大夫

楊再思曰公面似高麗請作高麗舞再思欣然帖紙旗巾子反披紫袍作高麗舞畧無慙色再思又見易之弟昌宗以貌美被寵因諛之曰人言六郎似蓮花再思以為不然只是蓮花似六郎耳有識咸笑之後昌宗兄弟犯贓則天命桓彦範李承嘉勘當以取實經數日彦範等奏昌宗兄弟共有贓四千餘貫法當解職昌宗奏臣有功於國家所犯不至解免則天問諸宰臣曰昌宗於國有功否再思時為内史奏曰昌

宗合鍊神丹聖躬服之有効此實莫大之功乃赦之天下名士視再思如糞土也

成敬奇有俊才文章可立就為大理正與姚崇有姻親崇或寢疾敬奇造宅省焉對崇涕泣懷中置生雀數頭乃一一持出請崇執手而後放之祝云願令公速愈崇勉而從之敬奇既出忿其諛媚謂子弟曰此淚亦何從而來自茲不復接遇

鄭愔者滄州人來俊臣羅織文狀皆愔草定張易之兄

弟薦為殿中侍御史易之敗黜為宣州司户既而歸武三思用事將害桓敬等愔揣知其情求謁三思三思見之愔先哭甚哀既而大笑三思恠問其故對曰前哭甚哀者弔大王國破家亡也後大笑者賀大王得愔也柬之等五人為上所忌日夜為計非剪除不足以快其意大王豈不知之今據將相之權有過人之智廢則天兵不血刃易於反掌今料大王之勢孰與則天大王不去五王身有累卵之危此愔所以寒

心也三思大悦引與登樓謀陷五王而殺之皆崔湜鄭愔之謀也累遷吏部侍郎賣官爲務後與譙王重福構逆而死

太平公主沈斷有謀則天愛其類已誅二張滅韋氏咸賴其力爲睿宗朝軍國大事皆令宰相就宅諮決然後以聞睿宗與羣臣呼公主爲太平𤣥宗爲三郎凡所奏請必問曰與三郎商量未其見重如此其宰相有七四出其門𤣥宗孤立而無援及竇懐貞等誅乃

適於山寺俄賜自盡籍懷貞傾巧進用累遷晉州長史謟事中貴盡得其懽心韋庶人乳母王氏本蠻婢也懷貞聘之為妻封莒國夫人俗為妳母之聟曰阿㸙懷貞每因謁見及進奏表狀列其官次署曰翊聖皇后阿㸙時人鄙之呼為㸙懷貞欣然自得韋庶人敗遂斬其妻持首以獻居憲臺及京尹每視事見無鬚者誤以為中官必曲加承接睿宗踐祚懷貞位極人臣道諛不悛以至於敗先天中𤣥宗戡内難懷貞

投水死

駙馬張垍以太常卿翰林院供奉官贊相禮儀雍容有度玄宗心悅之謂垍曰朕罷希烈相以卿代之垍謝不敢當楊貴妃知之以告楊國忠楊國忠深忌之時安祿山入朝玄宗將加宰相命垍草詔國忠諫曰祿山不識文字命之為相恐四夷輕中國玄宗乃止及安祿山歸范陽詔高力士送於長樂陂力士歸玄宗問曰祿山喜乎力士對曰祿山恨不得宰相頗有言

國忠遽曰此張垍告之也玄宗不察國忠之誣疑垍漏洩大怒黜垍為盧溪郡司馬兄均為建安郡司馬弟埱為宜春郡司馬

大唐新語卷九

大唐新語卷十

唐　劉肅　撰

釐革第二十一

武德九年十一月太宗始躬親政事詔曰有隋御宇政刻刑煩上懷猜阻下無和暢致使朋友遊好慶弔不通卿士聯官請問斯絶自今已後宜革前弊庶上下交泰品物咸通布告天下使知朕意由是風俗一變

澆漓頓革矣

故事江南天子則白帢帽公卿則巾褐裙襦北朝雜以戎狄之製北齊有長帽短靴合袴襖子朱紫玄黄各隨其好天子多服緋袍隋代帝王貴臣多服黄紋綾袍烏紗帽九環帶烏皮六合靴百官常服同於走庶皆著黄袍及衫出入殿省後烏紗帽漸廢貴賤通用折上巾以代冠用靴以代履折上巾戎冠也靴胡履也咸便於軍旅昔袁紹與魏武帝戰於官渡軍敗復

巾渡河遮相傚傚因以成俗初用全幅皁向後幞髮謂之幞頭周武帝變為四脚武徳以來始加巾子至貞觀八年太宗初服翼善冠賜貴臣進德冠因謂侍臣曰幞頭起自周武帝葢取便於軍容今四海無虞當息武事此冠頗采古法兼更類幞頭乃宜常服可取服袴褶通用此冠亦尋廢矣

太史令傅奕博綜羣言尤精莊老以齊生死混榮辱為事深排釋氏嫉之如讐嘗至河東遇彌勒塔士女輻

輳禮拜奕長揖之曰汝往代之聖人我當今之達士
奕上疏請去釋教其詞曰佛在西域言妖路遠漢譯
胡書恣其假託故不忠不孝削髮而揖君親游手游
食易服以逃租稅凡百黎庶不察根源乃追既往之
罪虛覬將來之福布施一錢希萬倍之報持齋一日
期百日之糧又上論十二首高祖將從之會傳位而
止

舊制京城内金吾曉暝傳呼以戒行者馬周獻封章始

置街鼓俗號鼕鼕公私便焉有道人裴脩然雅有篇
詠善畫好酒常戲為渭川歌詞曰遮莫鼕鼕動須傾
湛湛杯金吾儻借問報道玉山頽甚為時人所賞
姜晦為吏部侍郎性聰悟識理體舊制吏曹舍宇悉布
棘以防令史為與選人交通及晦領選事盡除之大
開銓門示無所禁私引置者晦輒知之召問莫不首
伏初朝廷以晦改革前規咸以為不可竟銓綜得所
賄賂不行舉朝歎伏

高宗欲用郭待舉岑長倩郭正一魏玄同等知政事謂
中書令崔知溫曰待舉等歷任尚淺且令參聞政事
未可即卿等同名稱也自是外司四品以下官知政
事者以平章爲名自待舉始也
自武德至長安四年已前僕射並是正宰相故太宗謂
房玄齡等曰公爲宰相當大開耳目求訪賢哲即其
事也神龍初豆盧欽望爲僕射不帶同中書門下三
品不敢參議政事後加知軍國事韋安石爲僕射東

都留守自後僕射不知政事矣

自古帝王必躬藉田以展三推終畝之禮開元二十三年正月玄宗親耕於雒陽東門之外諸儒奏議以古耤耕以一墢為一推其禮久廢今用牛耕宜以一步為一推及行事太常卿奏三推而止於是公卿以下皆過於古制

隋制員外郎監察御史亦吏部注詔詞即尚書侍郎為與之自貞觀已後員外郎盡制授則天朝御史始制

授肅宗於靈武即大位以强寇在郊始令中書以功

狀除官非舊制也

武德貞觀之代宮人騎馬者依周禮舊儀多著冪羅雖

發自戎夷而全身障蔽永徽之後皆用帷帽施裙到

頸為淺露顯慶中詔曰百家家口咸厠士流至於衢

路之間豈可全無障蔽比來多著帷帽遂棄冪羅曾

不乘車只坐檐子過於輕率深失禮容自今已後勿

使如此神龍之末冪羅始絶開元初宮人馬上始著

胡帽靚粧露面士庶咸傚之天寶中士流之妻或衣丈夫服靴衫鞭帽內外一貫矣

開元中天下無事玄宗聽政之後從禽自娛又於蓬萊宮側立教坊以習倡優蔓衍之戲酸棗尉袁楚客以為天子方壯宜節之以雅從禽好鄭衛將蕩上心乃引由余太康之義上疏以諷玄宗納之遷下邽主簿而好樂如初自周衰樂工師散絕迨漢制但紀其鏗鏘不能言其義晉末中原板蕩夏音與聲俱絕後魏

周齊悉用胡樂奏西涼伎幅心塡耳極而不反隋平
陳因清商而制雅樂有名無實五音虛懸而不能奏
國初始採珽宮之義備九變之節然承衰亂之後當
時君子無能知樂泗濱之磬貯於太常天寶中乃以
華原石代之問其故對曰泗濱聲下調之不能和得
華原石考之乃和因而不改
玄宗北巡狩至于太行坂路隘逢椑車問左右曰車中
何物曰椑禮云天子即位為椑歲一漆之示存不忘

亡也出則載以從先王之制也玄宗曰爲用此命焚之天子出不以櫸從自此始也

玄宗嘗謁橋陵至金粟山覩崗巒有龍盤鳳翔之勢謂左右曰吾千秋後宜葬此地寶應初追述先旨而置山陵焉

舊制宰相臣常于門下省議事謂之政事堂故長孫無忌魏徵房玄齡等以他官兼政事者皆云知門下省事弘道初裴炎自侍中轉中書令執朝政始移政事

堂于中書省至今以為故事

國初因隋制以吏部典選主者將視其人覈之吏事始取州縣府寺疑獄課其斷決而觀其能否此判之始爲後日月淹久選人滋多案牘淺近不足為准乃採經籍古義以為問目其後官員不充選人益衆乃徵僻書隱義以試之唯懼選人之能知也適麗者號為高等拙弱者號為藍羅至今以為故事開元中裴光庭為吏部始循資格以一賢愚遵平轍者喜其循常

負材用者受其抑屈宋璟固爭不得及光庭卒有司
定謚其用循資格非獎勸之道謚為克平周禮大司
徒掌選士之道春秋之時卿士代禄選士之制闕焉
秦承國制所資武力任事者皆刀筆俗吏不由禮義
以至于亡漢因秦制未遑條貫漢高祖十一年始下
求賢之詔武帝元光元年始令郡國舉孝廉各一人
貢舉之法起于此矣元帝令光禄勲舉四科以吏事
後漢令郡國舉孝廉魏晉宋齊互有改易隋煬帝改

置明進二科國家因隋制增置秀才明法明字明算幷前爲六科武德則以考功郎中試貢士貞觀則以考功員外掌之士族所趣唯明進二科而已古唯試策貞觀八年加進士試經史調露二十年考功員外劉思立奏二科並帖經開元二十四年李昂爲考功性剛急不容物乃集進士與之約曰文之美惡悉知之矣考校取舍存乎至公如有請託于人當悉落之昂外舅嘗與進士李權鄰居相善爲言之于昂昂果

怒集貢士數權之過權曰人或猥知竊聞之于左右非求之也昂因曰觀衆君子之文信美矣然古人有言瑜不掩瑕忠也其有詞或不安將與衆詳之若何衆皆曰唯及出權謂衆人曰向之斯言意屬吾也昂與此任吾必不第矣文何藉爲乃陰求瑕他日昂果摘權章句小疵牓于通衢以辱之權引謂昂曰禮尚往來來而不往非禮也鄙文之不臧既得而聞矣而執事有雅什嘗聞于道路愚將切磋可乎昂怒而應

曰有何不可權曰耳臨清渭洗心向白雲閑豈執事辭乎昂曰然權曰昔唐堯衰怠厭倦天下將禪許由由惡聞故洗耳今天子春秋鼎盛不揖讓于足下而洗耳何哉昂聞惶駭詣于執政以權不遜遂下權吏初昂以强愎不受屬請及有吏議求者莫不允從由是廷議以省郎位輕不足以臨多士乃使吏部侍郎掌爲憲司以權言不可窮竟乃寢罷之

肅宗初即位在彭原第五琦以言事得詔見請于江淮

分置租庸使市輕貨以濟軍須肅宗納之拜監察御史房琯諫曰往者楊國忠厚斂以怒天下今已亂矣陛下即位以來人未見德琦聚斂臣也今復寵之是除一國忠用一國忠也將何以示遠方收人心乎肅宗曰今天下方急六軍之命若倒懸然無輕貨則人散矣卿惡琦可也何所取財琯不能對卒用琦策驟遷御史中丞改鑄乾元錢一以當十又遷戸部侍郎平章事兼知度支租庸使俄被放黜代宗即位復判

度支鹽鐵事永泰初奏准天下鹽斗收一百文迄今
行之
元載既伏誅代宗始躬親政事勵精求理時常衮當國
竭節奉公天下翕然有昇平之望衮奏罷諸州團練
防禦等使以節財省費使令刺史主當州軍事司馬
同副使專押軍案判司本帶參軍便令司兵判兵事
司倉判軍糧司士判甲仗士人團練春夏放歸秋冬
追集其刺史官銜既有持節諸軍事使司軍旅司馬

即同副使之任司兵叅軍即是團練使判官代宗並
從之衮獨出羣擬爲戢兵之漸持衡數歲時用小康
焉
隱逸第二十二
孫思邈華原人七歲就學日諷千言及長善譚莊老百
家之説周宣帝時以王室多故隱于太白山隋文帝
輔政徵爲國子博士不就常謂人曰過是五十年當
有聖人出吾方助之以濟生人太宗召詣京師嗟其

顏貌甚少謂之曰故知有道者誠可尊重羨門之徒豈虛也哉將授之以爵位固辭不受高宗召拜諫議大夫又固辭時年九十餘而視聽不衰頗明推步導養之術時范陽盧照鄰有盛名于朝而染惡疾嗟稟受之不同昧彭殤之殊致嘗問于思邈曰名醫愈疾其道如何對曰吾聞善言天者必本之于人天有四時五行寒暑迭代其運轉也和而為雨怒而為風凝為霜雪張為虹霓此天地之常數人有四肢五藏一

覺一寐呼吸吐納精氣往來流而為榮衛彰而為氣色發而為聲音此人之常數也陽用其精陰用其形天人之所同也及其失也蒸則生熱否則生寒結而為瘤贅陷而為癰疽奔而為喘乏竭而為燋枯㐱發乎面變動乎形推此以及天則兆亦如之故五緯盈縮星辰錯行日月薄蝕彗孛流飛此又天文之危㐱也寒暑不時此天地之蒸否也石立土踊此天地之瘤贅也山崩地陷此天地之癰疽也奔風暴雨此天

地之喘乏也雨澤不降川瀆涸竭此天地之燋枯也良醫導之以藥石救之以鍼劑聖人和之以至德輔之以人事故體有可愈之疾天地有可消之災也又曰膽欲大而心欲小智欲圓而行欲方詩曰如臨深淵如履薄冰謂小心也赳赳武夫公侯干城謂大膽也不為利回不為義疚仁之方也見幾而作不俟終日智之圓也制授承務郎直尚藥局永徽初卒遺令薄葬不設明器牲牢之奠月餘顔色不變舉屍入棺

如空焉時人疑其屍解矣

朱桃椎蜀人也澹泊無為隱居不仕披裘帶索沈浮人間竇範為益州聞而名之遺以衣服逼為鄉正桃椎不言而退逃入山中夏則躶形冬則樹皮自覆凡所贈遺一無所受每織芒屩置之于路見者皆言朱居士屩也為鬻取米置之本處桃椎至夕取之終不見人高士廉下車深加禮敬召之至降階與語桃椎不答瞪目而去士廉每加優異蜀人以為美譚

張果老先生者隱于恒州枝條山往來汾晉時人傳其長年秘術耆老咸云有兒童時見之自言數百歲則天召之佯屍于妬女廟前後有人復于恒山中見至開元二十三年刺史韋濟以聞詔通事舍人裴晤馳驛迎之果對晤氣絶如死晤焚香啓請宣天子求道之意須臾漸蘇晤不敢逼馳還奏之乃令中書舍人徐嶠通事舍人盧重玄賫璽書迎之果隨嶠至東都于集賢院肩輿入宮備加禮敬公卿皆往拜謁或問

以方外之事皆詭對每云余是堯時丙子年生時人莫能測也又云堯時為侍中善于胎息累日不食時進美酒及三黄丸尋下詔曰恒州張果老方外之士也跡先高上心入窅冥是混光塵應召城闕莫知甲子之數且謂羲皇上人問以道樞盡會宗極今將行朝禮爰申寵命加銀青光祿大夫仍賜號通玄先生累陳老病請歸恒州賜絹三百疋并扶持弟子二人并給驛舁至恒州弟子一人放回一人相隨入山無

何壽終或傳屍解

盧藏用始隱於終南山中中宗朝累居要職有道士司馬承禎者睿宗迎至京將還藏用指終南山謂之曰此中大有佳處何必在遠承禎徐荅曰以僕所觀乃仕宦捷徑耳藏用有慙色藏用博學工文章善草隸投壺彈琴莫不盡妙未仕時嘗辟穀鍊氣頗有高尚之致及登朝附權要縱情奢逸卒陷憲網悲夫

司馬承禎字子徽隱于天台山自號白雲子有服餌之

術則天中宗朝頻徵不起睿宗雅尚道教稍加尊異承禎方赴召睿宗嘗問陰陽術數之事承禎對曰經云損之又損之以至于無為且心目一覽知每損之尚未能已豈復攻乎異端而增智慮哉睿宗曰理身無為則清高矣理國無為如之何對曰國猶身也老子曰遊心于澹合氣于漠順物自然而無私焉而天下理易曰聖人者與天地合其德是知天不言而信不為而成無為之旨理國之要也睿宗深加賞異無

何苦辭歸乃賜寶琴花帔以遣之工部侍郎李適之賦詩以贈焉當時文士無不屬和散騎常侍徐彦伯撮其美者三十一首為製序名曰白雲記見傳于代

王希夷徐州人孤貧好道父母終為人牧羊取傭供葬畢隱于嵩山師事道士得修養之術後居兖州徂徠山刺史盧齊卿就謁因訪以政事希夷曰孔子云己所不欲勿施於人可以終身行之矣玄宗東封勅州縣禮致時已年九十六玄宗令張説訪其道義説甚

重之以年老不任職事乃下詔曰徐州處士王希夷絕聖去智抱一居貞久謝囂塵獨往林壑屬封巒展禮側席旌賢賁然來思應茲嘉召雖同綺季之跡已過伏生之年宜命秩以尊儒俾全高于上齒可中散大夫守國子博士特聽還山仍令州縣歲時贈束帛羊酒并賜帛一百疋

元愷博學善天文然恭慎未嘗言之宋璟與之同鄉曲將加薦舉魚遺米百石皆拒而不受元行沖為刺史

邀至州問以經義因遺衣服愷辭曰微軀不宜服新
麗恐不勝其美以速咎也行沖乃泥汚而與之不獲
已而受及還家取素絲五兩以酬之曰義不受過望
之財

白履中博涉文史隱居大梁時人號為梁邱子開元中
王志愔表薦堪為學官可代馬懷素褚無量入閣侍
讀乃徵赴京師履中辭以老疾不任職事授朝散大
夫尋請歸鄉手詔曰卿孝悌立身靜退敦俗年過從

耄不雜風塵盛德早聞通班是錫豈唯精賁山藪實欲獎勸人倫旦遊上京徐還故里遂停留數月

玄宗徵嵩山隱士盧鴻三詔乃至及謁見不拜但磬折而已問其故鴻對曰臣聞老子云禮者忠信之薄不足可依山臣鴻敢不忠信奉見玄宗異之詔入賜讌拜諫議大夫賜以章服並辭不受乃給米百石絹五百疋還隱居之所

大唐新語卷十

欽定四庫全書

大唐新語卷十一

唐　劉肅　撰

褒錫第二十三

高祖嘗幸國學命徐文遠講孝經僧惠乘講金剛經道士劉進喜講老子詔劉德明與之辯論於是詰難鋒起三人皆屈高祖曰儒玄佛義各有宗旨劉徐等並當今傑才德明一舉而蔽之可謂達學矣賜帛五十

是時有國子司業蓋文達涉經史明三傳竇抗為冀州集諸儒士令相論難時劉焯劉執思孔穎達劉彥衡皆在坐既相酬答文達所言皆出其意表竇大奇之因問蓋生就誰學劉焯對曰此生岐嶷出自天然以多問寡焯為師導竇曰可謂冰生于水而寒于水也

貞觀末房玄齡避位歸第時天旱太宗將幸芙蓉園以觀風俗玄齡聞之戒其子弟曰鑾輿必當見幸亟使

灑掃備饌俄頃太宗果先幸其第便載入宮咸以為
優賢之應
貞觀十七年太宗圖畫太原倡義及秦府功臣趙公長
孫無忌河間王孝恭蔡公杜如晦鄭公魏徵梁公房
玄齡申公高士廉鄂公尉遲敬德鄖公張亮陳公侯
君集盧公程知節永興公虞世南渝公劉政會莒公唐
儉英公李勣胡公秦叔寶等二十四人于淩煙閣太
宗親為之贊褚遂良題閣閻立本畫及侯君集謀反

伏誅太宗與之訣流涕謂之曰吾爲卿不復上凌煙閣矣

魏徵有大志不恥小節博通羣書頗明王霸之術隋末爲道士初仕李密密敗歸國後爲竇建德所執建德敗委質于隱太子太子誅太宗稍任用前後規諫二百餘奏無不稱旨太子承乾失德魏王泰有奪嫡之漸太宗聞而惡之謂侍臣曰當今朝臣忠謇無踰魏徵我遣輔太子用絶天下之望乃以爲太子太師徵

以疾辭詔答曰漢之太子四皓為助我之賴卿即其義也知公疾病可臥護之徵宅無堂太宗將營小殿輟其材以賜之五日而就遣使賚布被素褥以賜之遂其所尚及疾亟太宗幸其第撫之流涕問其所欲徵曰嫠不恤緯而憂宗社之隕徵狀貌不踰中人而素有膽氣善得人主意身死之日知與不知莫不痛惜

李綱詹事隱太子嘗至温湯綱以小疾不從獻生魚者

太子召饔者鱠之時唐儉趙元楷在坐各自贊能為鱠太子謂之曰飛刀鱠鯉調和鼎食公實有之至于審諭弼諧固屬李綱矣于是送絹二百疋以遺之數諫太子鬱鬱不得志辭以年老乃乞骸骨

高宗初立為太子李勣詹事仍同中書門下三品自勣始也太宗謂之曰我兒初登儲貳故以宮事相委勿辭屈也勣嘗有疾醫診之曰須龍鬚灰方可太宗剪鬚以療之服訖而愈勣頓首泣謝他日顧謂勣曰朕

當屬卿以孤幼思之無踰公者往不負李密豈負于
朕哉勣流涕而致謝噬指出血俄而沉醉解御服以
覆之

唐九徵為御史監靈武諸軍時吐蕃入寇蜀漢九徵率
兵出永昌郡千餘里討之累戰皆捷時吐蕃以鐵索
跨漾水濞水為橋以通西洱河蠻築城以鎮之九徵
盡刊其城壘焚其二橋命管記閭邱均勒石于劍川
建鐵碑于滇池以紀功焉俘其魁帥以還中宗不時

加褒賞左拾遺呼延皓論之乃加朝散大夫拜侍御史賜繡袍金帶寶刀累遷汾州刺史開元末與吐蕃贊普書云波州鐵柱唐九徵鑄即謂此是也

開元初左常侍褚無量與光禄卿馬懷素隔日侍讀詔曰朕于百事考之無如文籍先王要道盡在于斯是欲令經史詳備聽政之暇遊心觀覽無量等奉詔整理内庫書至六年分部上架畢制文武百官入乾元殿東廊觀祭移時乃出于是賜無量等束帛有差

賀知章自太常少卿遷禮部侍郎兼集賢學士一日併謝二恩時源乾曜與張説同秉政乾曜問説曰賀公久著盛名今日一時兩加榮命足為學者光耀然學士與侍郎何者為美説對曰侍郎自皇朝已來為衣冠之華選自非望實具美無以居之雖然終是具員之列又非往賢所慕學士者懷先王之道為縉紳軌儀藴揚班之詞彩兼游夏之文學始可處之無愧二美之中此為最矣

張說既致仕在家修養乃乘閒往景山之陽于先塋建立碑表玄宗仍賜御書碑額以寵之其文曰嗚呼積善之墓與宣父延陵季子墓誌同體也朝野以為榮及說薨玄宗親製神道碑其畧曰長安中公為鳳閣舍人屬鱗臺監張易之誣搆大臣作為飛語御史大夫魏元忠即其醜正必以中傷天后致投杼之疑中宗憂掘蠱之變是時勅公為證陷以右職一言剌回四國交亂公重為義死且不辭廷辯無辜中旨有忤

左右為之惕息而公以之抗詞反元忠之營魂出太
子于坑陷人謂此舉義重于生由是長流欽州守正
故也文多不盡載

右補闕毋煚博學有著述才上表請修古史先撰目録
以進玄宗稱善賜絹百疋性不飲茶製代茶餘序其
畧曰釋滯銷壅一日之利暫佳瘠氣侵精終身之累
斯大獲益則歸功茶力貽患則不為茶災豈非福近
易知禍遠難見煚直集賢無何以熱疾暴終初煚夢

著衣冠上北卬山親友相送及至山頂回顧不見一人意惡之及卒僚友送至北卬山咸如所夢玄宗聞而悼之贈朝散大夫

自漢魏以來歷代皆封孔子後或為褒城侯或號褒聖侯至開元二十七年詔冊孔子為文宣王其嗣褒城侯改封文宣王令右丞相裴耀卿攝太尉持節就國子監冊命訖有司奠祭樂用宮懸八佾之舞詔曰弘我王化在乎儒術皆發揮此道啓迪含靈則生人以

來未有如夫子也所謂自天攸縱將聖多能德配乾坤身揭日月故能致天下之太平成天下之大經美政教移風俗君君臣臣父父子子人到于今受其賜不其猗歟文多不盡載

懲戒第二十四

太宗嘗與侍臣泛舟春苑池中有異鳥隨波太宗擊賞數四詔坐者為詠召閻立本寫之閣外傳呼云畫師閻立本立本時為主爵郎中奔走流汗俯伏池側手

揮丹青不堪愧赧既而戒其子曰吾少好讀書幸免面牆緣情染翰頗及儕流唯以丹青見知躬廝養之務辱莫大焉汝宜深戒勿習此也

高宗朝姜恪以邊將立功為左相閻立本為右相時以年饑放國子學生歸又限令史通一經時人為之語曰左相宣威沙漠右相馳譽丹青三館學生放散五臺令史明經以末伎進身者可為炯戒

劉仁軌為給事中與中書令李義府不協出為青州刺

史時有事遼海義府逼仁軌運糧果漂沒敕御史袁異式按之異式希義府意遇仁軌不以禮或對之猥洩曰公與當朝讎者為誰何不引決仁軌曰乞方便乃於房中裂布將頭自縊少頃仁軌出曰不能為公死劉仁軌豈失却死耶坐此除名大將軍劉仁願尅百濟奏以為帶方州刺史仁願凱旋高宗謂之曰卿將家子處置補署皆稱朕意何也仁願拜謝曰非臣能為乃前青州刺史教臣耳遽發詔徵之至則拜大

司憲御史大夫也初仁軌被徵次于萊州驛舍于西廳夜已久有御史至驛人曰西廳稍佳有使止矣御史曰誰答曰帶方州刺史命移仁軌于東廳既拜大夫此御史及異式俱在臺內不自安仁軌慰之曰公何瘦也無以昔事不安耶知君為勢家所逼仁軌豈不如韓安國但恨公對仁軌卧而洩耳又謂諸御史曰諸公出使當舉冤滯發明耳目興行禮義無為煩擾州縣而自重其權指行中御史曰只如某御史夜

到驛驛中東廳西廳復有何異乎若移乃公就東廳豈忠恕之道也願諸公不為也仁軌後為左僕射與中書令李敬玄不協時吐蕃入寇敬玄奏仁軌征之軍中奏請多為敬玄所掣肘仁軌表敬玄知兵事敬玄固辭高宗曰仁軌須朕朕亦行之卿何辭敬玄遂行大敗于清海時議稍少之始仁軌既宦達其弟仁相在鄉曲昇沈不同遂搆嫌恨與軌別籍每于縣祇奉戶課或謂之曰何不與給事同籍五品家當免差

科仁相曰誰能向狗尾底避陰涼兄弟以榮賤致隔
者可為至戒
楊昉為左丞時宇文化及子孫理資蔭朝廷以事隔兩
朝且其家親族亦衆多為言者所司理之至于左司
昉未詳其案狀訴者以道理已成無復疑滞勃然逼
昉昉曰適朝退未食食畢當詳案訴者曰公云未食
亦知天下有累年羇旅訴者乎昉遽命案立批之曰
父殺隋主子訴隋資生者猶配遠方死者無宜更敘

時人深賞之

婁師德以殿中充河源軍使永和中破吐蕃于白羊澗八戰七勝優詔褒美授左驍衛郎將高宗手詔曰卿有文武才幹故授卿武職勿辭也累遷納言臨終數日寢興不安無故驚曰拊我背者誰侍者曰無所見乃獨言若有所爭者曰我壽當八十今追我何也復自言往為官誤殺二人減十年詞氣若有屈伏俄而氣絕以婁公之明恕尚不免濫為政者得不慎歟

李義府定策立則天自中書舍人拜相與許敬宗居中
用事連起大獄誅鋤將相道路以目駭入則諂諛出
則奸究賣官鬻獄海内囂然百寮畏憚如畏天后高
宗知其罪狀謂之曰卿兒子女聟皆不謹慎多作罪
過今且為卿掩覆勿復如此義府憑恃則天不虞高
宗加怒勃然變色顋頸俱起徐對曰誰向陛下道此
高宗曰但知我言何須問我所從得耶義府怫然竟
不引過緩步而出會右金吾倉頭楊仁穎奏其贓汙

詔劉祥道拜三司鞫之獄成長流嶲州朝埜莫不稱慶或作河間道元帥劉祥道破銅山賊李義府露布牓之通衢義府先取人奴婢及敗一夕奔散各歸其家露布云混奴婢而亂放各識家而競入乾封初大赦唯長流人不許還義府憤恚而死海内快之

劉思立任考功員外子憲為河南尉思立今日亡明日選人有索憲闕者吏部侍郎馬載深咨嗟以為名教所不容乃書其無行注名籍朝廷僉曰直銓宗流品

之竒可謂振理風俗其人比岀選門為衆目所視衆口所許亦趍趄而失步矣自垂拱之後斯風大壊茍且公行無復曩日之事

王義方初拜御史意望殊高忽畧人間細務買宅酬直訖數日對賔朋忽驚指庭中雙青梧樹曰此忘酬直遽召宅主付直四千賔朋曰侍御貴重不知交易樹當隨宅無别酬例義方曰此嘉樹不比他也及貶黜或問其故答曰初以居要津作宰相示大耳初義方

將彈李義府懼不捷沈吟者久之獨言曰可取萬代名耶循默以求達耶他日忽言曰非但為國除蠹亦乃名在身前遂彈焉坎坷以至于終

高宗大漸顧命裴炎輔少主既而則天以太后臨朝中宗欲以后父韋玄貞為侍中并乳母之子五品官炎爭以為不可中宗不悅謂左右曰我讓國與玄貞豈不得何為惜侍中炎懼遂與則天定策廢中宗為廬陵王幽于別所則天命炎及中書侍郎劉禕之率羽

林兵入左右承則天言扶中宗下殿中宗曰我有何罪則天曰汝欲將天下與韋玄貞何得無罪炎居中執權親授顧託未盡匡救之節遽行伊霍之謀神器假人為獸傅翼其不免也宜哉

張由古有吏才而無學術累歷臺省嘗于衆中歎班固大才文章不入文選或謂之曰兩都賦燕山銘典引等並入文選何為言無由古曰此並班孟堅文章何闗班固事聞者掩口而笑又謂同官曰昨買得王僧

孺集大有道理杜文範知其誤應聲曰文範亦買得張佛袍集勝于僧孺遠矣由古竟不之覺仕進者可不勉歟

周矩為殿中侍御史大夫蘇味道待之甚薄屢言其不了事矩深以為恨後味道下獄勑矩推之矩謂味道曰嘗責矩不了事今日了公事也好答辯味道由是坐誅

嚴識玄為羣令中書舍人路敬潛出經河南道使還次

暨識玄自以初蒞復以敬潛使還頗有慢色雖郊迎之纔上馬弛鐙揖鞭而已敬潛怒攝而案之曰郊外遠迎故違明勑馬上高揖深慢王人禮律有違恭倨無准仰具之識玄拜伏流汗乃捨之後轉魏州刺史為魏令李懷讓所辱俄又俱為兵部郎中既同曹局亦難以為容舉朝以為深戒

李知白為侍中子弟纔總角而婚名族識者非之宰相當存久遠敦風俗奈何為促薄之事耶

惠妃武氏有專房之寵將奪嫡王皇后性妬稍不能平
玄宗乃廢后為庶人膚受日聞次及太子太子之將
廢也玄宗訪于張九齡九齡對曰太子天下本也動
之則揺人心自居東宮未聞大惡臣聞父子之道天
性也子有過父怒而掩之無宜廢絶且其惡狀未著
恐外人窺之傷陛下慈父之道玄宗不悦隱忍者久
之李林甫秉政陰中計于武妃將立其子以自固武
妃亦結之乃先黜九齡而廢太子太子同鄂王瑤光

王琚同日并命海内痛之號為三庶太子等既受寃死武妃及左右屢見為祟宫中終夜相恐或聞鬼哭聲召巫覡視之皆曰三庶為厲先是收鄂王光王行刑者射而瘞之乃命改葬而酬之武妃死其厲乃息玄宗乃立肅宗為太子林甫之計不行惕然懼矣三庶以二十五年四月二十三日死武妃至十二月而斃識者知有神道焉

天寶中李林甫為相專權用事先是郭元振薛訥李適

之等咸以立功邊陲入參鈞軸林甫懲前事遂反其制始請以蕃人為邊將冀固其權言於玄宗曰以陛下之雄才國家富强而諸蕃未滅者由文吏為將怯懦不勝武事也陛下必欲滅四夷威海内莫若武臣武臣莫若蕃將夫蕃將生而氣雄少養馬上長于陣敵此天性然也若陛下感而將之使其必死則狄不足圖也玄宗深納之始用安禄山卒為戎首雖理亂安危係之天命而林甫奸究實生亂階痛矣哉

大唐新語卷十一

大唐新語卷十二

唐 劉肅 撰

勸勵第二十五

徐文遠齊尚書令孝嗣之孫江陵被虜至長安家貧無以自給兄林鬻書為事文遠每閱書肆不避寒暑遂通五經尤精左氏仕隋國子博士越王侗以為祭酒大業末洛陽饑饉因出樵採為李密所得密即其門

人也令文遠南面坐率其徒屬北面拜之遠謂密曰將軍欲為伊霍繼絶扶傾鄙雖遲暮猶願盡力若為莽卓迫險乘危老夫耄矣無能為也密謝曰敬聞命矣密敗歸王充充亦曾受業見之大悦給其廩食文遠每見充必盡敬拜之或問曰聞君倨見李密而敬王公何也答曰李密君子能受酈生之揖王公小人有殺故人之義相時而動豈不然歟入朝遷拜國子博士甚為太宗所重孫有功為司刑卿持法寛平天

下賴之

趙郡王孝恭少沈敏有識量及為佐命元勲身極崇盛嘗謂所親吾所居宅微為壯麗非吾心也將賣之别營一所粗充事而已身没之後諸子若才守此足矣不才冀免他人所利也事未果暴薨

宋守敬為吏清白謹慎累遷臺省終于絳州刺史其任龍門丞年已五十八數年而登高位每謂寮曰公輩但守清白何憂不遷俗云㒓陸無休勢余以為仕宦

亦無休勢各宜勉之

狄光嗣仁傑長子也歷淄許貝等州刺史居喪備禮睿

朝起復太府少卿光嗣頻表不赴乃降勑曰朕念卿

家門忠于王室奪卿情禮以展殊恩屢表固陳詞理

懇至循環省覽有足可矜今遂所請用勸浮薄待卿

情理云畢更俟後命仍編入史

趙武益少孤生于河右遂狎弋獵獲鮮禽以膳其母母

勉之以學武益不從母歔欷謂曰汝不習典墳而肆

情畋獵吾無望矣不御所膳感激而學焉數年博通經史進士擢第侍御史著河西人物志有集行于代于彥昭兵部侍郎知政事封耿國公睿宗朝左授嶽州司馬而終張説為嶽州著五君詠述彥昭曰耿公山嶽靈思遠神亦妙鷙鳥峻操立哀玉振清調叶贊休明啓恩華日月照何意瑤臺雲風吹落紅繳湘流下潯陽灑淚一投弔為時賢器重如此

韓思彥以御史巡察于蜀成都富商積財巨萬兄弟三

人分資不平爭訴長吏受其財賄不決與奪思彦推案數日令厨者奉乳自飲訖以其餘乳賜爭財者謂之曰汝兄弟久立當饑渴可飲此乳纔遍兄弟竊相語遂號哭擧援相咬肩膊良久不觧但言曰蠻方不識孝義惡妻兒離間以至是侍御豈不以兄弟同母乳耶復擗踴悲號不自勝左右莫不流涕請同居如初思彦以狀聞勑付史官時議美之

張法自左拾遺左授許州司户有侍佐自相毆競者法

曰禮宗賢尚齒者重耆德也奈何耆舊而有喧競此
牧宰之政不行耳法主司户忝參其議乃舉罰刺史
已下俸行鄉飲之禮競者慙謝而退風俗爲之改焉
開元初工部尚書魏知古卒宋璟聞之歎曰叔向古之
遺直子產古之遺愛能兼之者其魏公乎

酷忍第二十六

太宗征遼東留侍中劉洎與高士廉馬周輔太子于定
州監國洎兼左庶子總吏禮户三尚書事太宗謂之

曰我今遠征使爾輔翊太子社稷安危所寄尤重爾宜深識我意洎對曰願陛下無憂大臣有僣失者臣謹即行誅太宗以其言發無端甚怪之誡之曰君不密則失臣臣不密則失身卿性疎而太健必以自敗深宜誡慎以保終吉及征遼還太宗有疾洎從外至因大悲泣曰疾如此獨可憂聖躬耳黄門侍郎褚遂良誣奏洎云國家之事不足慮也正當輔少主行伊霍之事耳大臣有異誅之自然定矣太宗疾愈詔問

其故洎以實對遂良執證之洎引馬周以自明及問周言如洎所陳遂良固執曰同諱之耳遂賜洎死遂良歷事兩朝多所匡正及其敗也咸以為陷洎之報焉

吳王恪母曰楊妃煬帝女也恪善騎射太宗尤愛之承乾既廢立高宗為太子又欲立恪長孫無忌諫曰晉王仁厚守文之良主也且舉棋不定前哲所戒儲位至重豈宜數易太宗曰朕意亦如此不能相違阿舅

後無悔也由是恪與無忌不協高宗即位房遺愛等
謀反勅無忌推之遺愛希旨引恪冀以獲免無忌既
與恪有隙因而斃恪臨刑罵曰長孫無忌竊弄威權
構害良善若宗社有靈當見其族滅不久竟如其言
高宗王后性長厚未嘗曲事上下母柳氏外舅奭見内
人尚官又不為禮則天伺王后所不敬者傾心結之
所得賞賜悉以分布罔誣王后與母求厭勝之術高
宗遂有意廢之長孫無忌已下切諫以為不可時中

書舍人李義府陰賊樂禍無忌惡之左遷壁州司馬詔書未至門下李義府密知之問計于中書舍人王德儉王德儉曰武昭儀甚承恩寵上欲立為皇后猶豫未決者直恐大臣異議耳公能建策立之則轉禍為福坐取富貴義府然其計遂代德儉宿直叩頭上表請立武昭儀高宗大悦召見與語賜寶珠一斗詔復舊官德儉許敬宗之甥也癭而多智時人號曰智囊義府于是與敬宗及御史大夫崔義玄中丞袁公

瑜等觀時變而布腹心矣高宗名長孫無忌李勣于志寧褚遂良將議廢立勣稱疾不至志寧顧望不敢對高宗再三顧無忌曰莫大之罪無過絶嗣皇后無子今欲廢之立武士彠女何如無忌曰先朝以陛下託付遂良望陛下問其可否遂良進曰皇后出自名家先帝為陛下所娶伏事先帝無違婦德愚臣不敢曲從上違先帝之旨高宗不悦而罷翌日又言之遂良曰伏願再三審思愚臣上忤聖顔罪當萬死但得

不負先帝甘心鼎鑊因置笏于殿階曰還陛下此笏

乃解巾叩頭流血高宗大怒命引出則天隔簾大聲

曰何不撲殺此獠無忌曰遂良受先帝顧命有罪不

可加刑翌日高宗謂李勣曰冊立武昭儀遂良固執

不從且止勣曰陛下家事何須問外人許敬宗又宣

言于朝曰田舍兒家收得十斛麥尚欲換舊婦況天

子富有四海立皇后有何不可關汝諸人底事而生

異議則天令人以聞高宗意乃定遂廢王皇后及蕭

淑妃為庶人因之别院高宗猶念之至其幽所見其門封閉極密唯通一竅以通食器惻然呼曰皇后淑妃何在復好在否皇后泣而言曰妾得罪廢棄以為宫婢何敢竊皇后名言訖嗚咽又曰至尊思舊使妾再見日月望改此為迴心院妾再生之幸高宗曰朕即有處分則天知之各杖一百截去手投于酒甕中謂左右曰令此兩嫗骨醉可矣初令宫人宣勅示王后后曰願大家萬歲昭儀長承恩澤死是吾分也次

至淑妃聞勑罵曰阿武狐媚飜覆至此百生千劫願我託生為猫兒阿武為老鼠吾扼其喉以報今日足矣自此禁中不許養猫兒頻見二人為祟被髪瀝血如死時狀則天惡之命巫祝祈禱祟終不滅

則天以長孫無忌不附己且惡其權深銜之許敬宗希旨樂禍又伺其隙會櫟陽人李奉節告太子洗馬韋季方監察御史李巢交通朝貴有朋黨之事詔敬宗推問敬宗甚急季方自殺又摻奉節得私書與趙師

者遂奏言趙師即無忌少髮呼作趙師陰爲隱語欲謀反耳高宗泣曰我家不幸戚黨中頓有惡事往年高陽公主與朕同氣與夫謀反今阿舅復作惡心近親如此使我慙見百姓其若之何翌日又令審問敬宗奏曰請准法收捕高宗又泣曰阿舅果耳我決不忍殺之竟不忍問配流黔州則天尋使人逼殺之涼州長史趙持滿與韓瑗無忌姻親許敬宗懼爲已患誣其同反追至京考訊歎曰身可殺詞不可辱吏更

代占而結奏之遂死獄中尸于城西親戚莫敢視友
人王方翼歎曰欒布之哭彭越大義也周文之掩枯
骸至仁也絕友之義蔽主之仁何以事君遂具禮葬
之高宗義之不問

周興來俊臣等羅告天下衣冠遇族者不可勝紀俊臣
案詔獄特造十箇大枷一曰定百脉二曰喘不得三
曰突地吼四曰著即承五曰失魂魄六曰實同反七
曰反是實八曰死豬愁九曰求即死十曰求破家遭

其枷者宛轉于地斯須悶絶又有枷名𨞪尾楡棒名見即復有鐵圈籠頭名號數十大畧如此又與其徒侯思止衛遂忠等招集告事者數百人造告密羅織經一卷其意網羅平人織成反狀每訊囚先布枷棒于地召囚前曰此是作具見者魂魄飛越罔不自誣由是破家者已千數則天不下階序潛移六合矣天授中春官尚書狄仁傑天官侍郎任令暉文昌左丞盧獻等五人並爲所告俊臣旣以族人爲功苟引之

承反乃奏請一即承同首例得減死乃脅仁傑等令承反仁傑歎曰大周革命萬物維新唐朝舊臣甘從誅戮反是實俊臣乃少寬之其判官王德壽謂仁傑曰尚書事已爾且得免死德壽今業已受驅策意欲求少階級憑尚書牽楊執柔可乎仁傑曰若之何德壽曰尚書昔在春官執柔任其司員外引可也仁傑曰皇天后土遣仁傑自行此事以頭觸柱血流被面德壽懼而謝焉仁傑既承反所司但待日刑不復嚴

備仁傑求守者得筆硯拆被頭帛書之敘寃狀置于綿衣中謂德壽曰時方熱請付家人去其綿德壽不之慮仁傑子光遠得衣中書持以告變得召見則天覽之憫然問俊臣曰卿言仁傑等反今子弟訴寃何多也俊臣曰此等何能自伏其罪臣寢處甚安亦不去巾帶則天使人視之俊臣遽命仁傑巾帶使者將復命俊臣乃令德壽代仁傑等作謝死表代署附使者進之則天召仁傑等謂曰卿承反何也仁傑等曰

向若不承反已死于枷棒矣則天曰何爲作謝死表

仁傑等曰無之出表示之乃知代署仁傑等五人獲

免

孝敬帝仁孝英果甚爲高宗所鍾愛自昇儲位敬禮大

臣及儒學之士未嘗有過天下歸心焉咸亨初留在

京師監國時關中饑甚孝敬令取廊下兵士糧視之

見有食榆皮蓬實者惻然哀之命家令等給米使足

其仁惠如此先是義陽宣城二公主以母得罪幽于

掖庭垂三十年不嫁孝敬見之驚憫遽奏出降又請以沙苑地分借貧人詔皆許之則天大怒即日以衛士二人配二公主孝敬因是失愛遇毒而薨時年二十四朝野莫不傷痛

侯思止貧寒無賴事恒州參軍高元禮家則天朝以告變授侍御史按中丞魏元忠曰急承白司馬不然即喫孟青洛陽北有坂名白司馬將軍有姓孟名青棒者思止閭巷傭保嘗以此謂諸囚也元忠詞氣不屈

思止倒曳之元忠徐起曰我薄命如乘惡驢而墜脚為鐙所掛遂被曳耳思止愈怒又曳之曰汝拒捍制使即奏斬之元忠曰侯思止汝今為國家御史須識輕重必須魏元忠頭何不以鋸截將無為抑我承反奈何佩服朱紱親銜天命不能行正直事乃言白司馬孟青是何言也非魏元忠無人仰教思止乃引忠上階坐而問之元忠容止自若來俊臣黨人與司刑府吏樊甚不叶誣以謀反誅之其子訴寃于朝堂無

敢理者乃引刀自剺其腹秋官侍郎劉如璿不覺言
唧唧而淚下俊臣奏如璿黨惡人下獄如璿對曰年
老目遇風而淚下俊臣批之曰目下涓涓之淚既是
因風口中唧唧之聲如何分雪處以絞刑則天宥之
流于瀼州子景憲訴寃得徵還復本官俊臣無文其
批鄭愔之詞也則天時朝士多不自保憸薄之徒競
告事以求官賞左司員外霍獻可嘗以頭觸玉階請
殺狄仁傑裴行本行本獻可之舅也既損額以綠帛

裹之幞頭下常令露出冀則天見之時人方之李子慎子慎誣告其舅以獲五品其母見其著緋衫覆牀涕泣曰此是汝舅血染者也

郭霸與來俊臣為羅織之黨常按芳州刺史李思徵思徵不承反乃殺之聖歷中思徵出見霸霸甚惡之退朝遽歸家命人速請僧諷經設齋須臾見思徵從數十騎止其庭詬曰汝枉陷我今取汝霸周章惶怖拔刀自刳腹而死是日閭里咸見烏霸纔氣絶思徵亦

沒太子諭德張元一以齊諧供奉時中橋新成則天問元一在外有何好事元一對曰洛橋成而郭霸死即好事也則天默然

武三思既廢五王慮為後患乃令宣州司功參軍鄭愔告張柬之與王同皎同謀反又令人陰疏韋后穢行牓于天津橋請行廢黜中宗大怒付執政按之諸相皆佯假寐唯李嶠韋巨源楊再思遽出承制攘袂于其間遂命御史大夫李承嘉深竟其事承嘉奏云柬

之等令人密為此牓雖託廢皇后為名實有危君之
計請加族誅中宗大怒遽令法司結罪又諷皇太子
上表請夷柬之等三族中書舍人崔湜又勸三思盡
殺之絶其歸望三思問誰可使者湜薦表兄周利貞
先為桓景所惡貶嘉州司馬三思即以利貞為南海
都督令矯詔殺之唯桓彥範于竹槎上曳肉盡而死
初柬之懼三思纔引湜以為耳目自使伺其動靜湜
反黨三思以圖柬之等君子知湜之不免耳

武三思干紀亂常海内忿恚張仲之宋之遜祖延慶等謀于袖中發銅弩射之伺便未果之遜子曇知之以告冉祖雍祖雍以聞則天勑宰臣與御史大夫李承嘉于新開門案問諸相懼三思但僶俛佯不應仲之等唯李嶠獨與承嘉耳語令御史姚紹之密致力士七十餘引仲之對問至則塞口反接送于繫所紹之謂仲之曰張三事不諧矣仲之固言三思反狀紹之命棒之而臂折仲之大呼天子者七八謂紹之曰反

賊我臂且折當訴爾于天曹請裂汗衫與緺之乃自誣反而族緺之自此神氣自若朝廷側目焉尋坐贜汚憲司推之獲贜五十餘貫當死章庶人之黨䕶之得免放于嶺南

大唐新語卷十二

大唐新語卷十三

唐 劉肅 撰

諧謔第二十七

太宗嘗宴近臣令嘲謔以為樂長孫無忌先嘲歐陽詢曰聳髆成山字埋肩不出頭誰家麟閣上畫此一獼猴詢應聲荅曰索頭連背暖漫襠畏肚寒只由心溷溷所以面團團太宗斂容曰汝豈不畏皇后聞耶無

忌后之弟也詢為人瘦小特甚寢陋而聰悟絶倫讀書數行俱下博覽古今精究蒼雅初學王羲之書漸變其體筆力險勁為一時之絶

温彥博為吏部侍郎有選人裴畧被放乃自贊于彥博稱解白嘲彥博即令嘲廳前叢竹畧曰竹冬月不肯凋夏月不肯熱肚裏不能容國士皮外何勞生枝節又令嘲屏牆畧曰高下八九尺東西六七步突兀當廳坐幾許遮賢路彥博曰此語似傷博畧曰即扳公

朒何止傷博慱慗而與官

則天朝諸蕃客上封事多獲官賞有為右臺御史者則

天嘗問張元一曰近日在外有何可笑乎元一對曰

朱前宜著緑录仁傑著朱閭知微騎馬馬吉甫騎驢

將名作姓李千里將姓作名吴揚吾左臺胡御史右

臺御史胡元禮也蕃人為御史者尋授别勅

李義府嘗賦詩曰鏤月成歌扇裁雲作舞衣自憐迴雪

影好取洛川歸有棗强尉張懷慶好偷名士文章乃

為詩曰生情鏤月成歌扇出意裁雲作舞衣照鏡自憐迴雪影時來好取洛川歸人謂之謗曰活剥王昌齡生吞郭正一

元崇逵為果州司馬有一婢死處分直典云逵家老婢死驗使來久為覔一棺木殯之逵初到家貧不能買得新者但經一用者充事即得亦不須道逵買直云君家自須直典出說之一州以為口實

則天初革命恐羣心未附乃令人自舉供奉官正員之

外置裏行拾遺補闕御史等至有車載斗量之詠有御史臺令史將入臺值裏行數人聚立門内令史下驢驅入其門裏行大怒將加杖罰令史曰今日過實在驢乞數之然後受罰裏行許之乃數驢曰汝技藝可知精神極鈍何物驢畜敢干御史裏行諸裏行羞赧而止

京城流俗僧道常爭二教優劣遞相非斥總章中興善寺爲火災所焚尊像蕩盡東明觀道士李榮因詠之

曰道善何曾善云興遂不興如來燒亦盡唯有一羣
僧時人雖賞榮詩然聲稱從此而滅

侯思止出自皂隸言音不正以告變授御史時屬斷屠
思止謂同列曰今斷屠宰雞云圭猪云誅魚云虞驢云平縷俱云
居不得喫云詰空喫結米云弭麪泥去如云儒何得不饑侍
御崔獻可笑之思止以聞則天怒謂獻可曰我知思
止不識字我已用之卿何笑也獻可具以雞猪之事
對則天亦大笑釋獻可

晉宋以還尚書始置員外郎分判曹事國朝彌重其遷
舊例郎中不歷員外郎拜者謂之土山頭果毅言其
不歷清資便拜高品有似長征兵士便得邊遠果毅
也景隆中趙謙光自彭州司馬入為大理正遷戶部
郎中賀遂涉時為員外戲詠之曰員外由來美郎中
望不優誰言粉署裏翻作土山頭謙光酬之曰錦帳
隨情設金爐任意薰唯愁員外署不應列星文
益州每歲進柑子皆以紙裹之他時長吏嫌紙不敬代

以細布既而恐柑子為布所損每懷憂懼俄有御史甘子布使于蜀驛使馳白長史有御史甘子布至長史以為推布裹柑子事懼曰果為所推及子布到驛長史但序以布裹柑子為敬子布初不之知久而方悟聞者莫不大笑子布好學有文章名聞當代

王上客自負其才意在前行員外俄除膳部員外既乖本志頗懷悵惋吏部郎中張敬忠戲詠之曰有意嫌兵使專心取考功誰知脚蹭蹬幾落省牆東膳部在

省東北隅故有此詠
𤣥宗初即位邵景蕭嵩韋鏗並以殿中昇殿行事既而
景嵩俱加朝散鏗獨不霑景嵩二人多鬚對立于廷
鏗嘲之曰一雙鬍子著緋袍一箇鬅鬙多一鼻高相對
廳前捺早立自言身品世間毛舉朝以爲歡笑後睿
宗御承天門百僚備列鏗忽風眩而倒鏗既肥短景
意酬其前嘲乃詠之曰飄風忽起團欒迴倒地還如
著脚搥昨夜殿上空行事直爲元非五品才時人無

不諷詠

竇懷貞為京兆尹神龍之際政令多門京尉由墨勅入臺者不可勝數或謂懷貞曰縣官相次入臺縣事多辦否懷貞對曰倍辦于往時問其故懷貞曰好者總在僥倖者去故也聞者皆大噱

姚崇為紫微令舊例給舍直次不讓宰相崇以年位俱高不依其請令史持直簿詣之崇批其簿曰告直令史遣去又來必欲取人有同司命老人年事終不擬

當給舍見之歡笑不復逼也後遂停宰相直宿

記異第二十八

沙門玄奘俗姓陳偃師人少聰敏有操行貞觀三年因疾而挺志往五天竺國凡經十七歲至貞觀十九年二月十五日方到長安足所親踐者一百一十一國探求佛法咸究根源凡得經論六百五十七部佛舍利并佛像等甚多京城士女迎之填城隘郭時太宗在東都乃留所得經像于弘福寺有瑞氣徘徊像上

移晷乃滅遂詣闕并將異方竒物朝謁太宗謂之曰
法師行後造弘福寺其處雖小禪院虛静可謂飜譯
之所太宗御製聖教序高宗時爲太子文作述聖記
並勒于碑麟徳終於坊郡玉華寺玄奘撰西域記十
二卷見行于代著作郎敬播爲之序

袁天罡益州人尤精相術貞觀初勅召赴京途經利州
時武士彠爲刺史使相其妻楊氏天罡曰夫人骨法
必生貴子乃徧召諸子令相之見元慶元爽曰可至

刺史終亦逺否見韓國夫人曰此女大貴然亦不利則天時衣男子服乳母抱出天罡大驚曰此郎君神彩奥澈不易可知試令行天罡曰龍睛鳳頸貴之極也轉側視之若是汝當為天子貞觀末高士亷問天罡曰君之禄壽可至何所對曰今年四月死矣咸如其言

則天時新豐縣東南露臺鄉因風雨震雷有山踴出高二百尺有池周迴三頃池中有龍鳳之形禾麥之異

則天以為休禎號曰慶山荆州人俞文俊上書曰臣聞天氣不和則寒暑併人氣不和而疣贅出地氣不和而堆阜出今陛下以女主處陽位反易剛柔故地氣隔塞而出變為災陛下謂之慶山臣以為非慶也宜側身修徳以荅天譴不然禍立至則天大怒流之嶺南

沙門一行俗姓張名遂郯公謹之曽孫年少出家以聰敏學行見重于代玄宗詔于光文殿改撰曆經後又

移就麗正殿與學士參校歷經一行乃撰開元大演歷一卷議十卷歷立成十三卷歷書二十四卷七政長歷三卷凡五部五十卷未及奏上而卒張説奏上請令行用初一行造黄道游儀以進御製游儀銘付太史監將向靈臺上用以測候分遣太史官大相元太等馳驛往安南朗兖等州測候日影同以二分二至之日正午時量日影皆數年乃定安南量極高二十一度六分冬至日長七尺九寸二分春秋二分長

二尺九寸三分夏至影在表南三寸三分蔚州横野軍北極高四十度冬至日影長一丈五尺八分春秋二分長六尺六寸一分夏至影在表北二尺二寸九分此正所為中土南北之極其朗兖太原等州並差殊不同一行用句股法算之云太約南北極相去纔八萬餘里修歷人陳玄景亦善算術歎曰古人云以管窺天以蠡測海以為不可得而致也今以丈尺之術而測天地之大豈可得哉若依此而言則天地豈

得為大也其後參校一行歷經並精密迄今行用
開元十五年正月集賢學士徐堅請假往京兆葬其妻岑氏問兆域之制于張説説曰墓而不墳所以反本也三代以降始有墳之飾斯孝子永思之所也禮有升降貴賤之度俾存歿之道各得其宜長安神龍之際有黃州僧泓者能通鬼神之意而以事參之僕常聞其言猶記其要墓欲深而狹深者取其幽狹者取其固平地之下一丈二尺為土界又一丈二尺為水

界各有龍守之土龍六年而一暴水龍十二年而一
暴當其隧者神道不安故深二丈四尺之下可設窀
穸墓之四維謂之折壁欲下闊而上斂其中頂謂之
中樵中樵欲俯欽而仰殺墓中抹粉為飾以代石堊
不置瓴甋瓷瓦以其近于火不置黄金以其久而為
恠不置朱丹雄黄礜石以其氣燥而烈使墳上草木
枯而不潤不置毛羽以其近于屍也鑄鐵為牛豕之
狀像可以禦二龍玉潤而潔能和百神寘之墓内以

助神道僧泓之說如此皆前賢所未達也桓魋石槨王孫倮葬奢儉既過各不得中近大理卿徐有功持法不濫人用賴焉及其葬也儉不逾制將穿墓者曰必有異應以旌若人果獲石堂其大如釜中空外堅四門八牖占曰此天所以祚有德也置其墓中其後終吉後優詔褒贈寵及其子開府王仁皎以外戚之貴墳墓踰制檖服明器羅列千里墳土未乾家毀子死殷鑒不遠子其擇焉

郊禪第二十九

郊祀禮之宗主也傳曰國之大事惟祀與戎唐堯望秩周文明發禮備心誠神祇降福東鄰殺牛毫社用人肆忍逞欲禍不旋踵秦興五時之祠淫而無法漢增百神之祀黷而不經國家遠酌周官近看隋制無文咸秩事舉其中故撮其旨要載之篇末

貞觀中百官上表請封禪太宗許焉唯魏徵切諫以為不可太宗謂魏徵曰朕欲封禪卿極言之豈功不高

耶德不厚耶遠夷不服耶嘉瑞不至耶年穀不登耶何為不可徵對曰陛下功則高矣而人未懷惠德雖厚矣而澤未滂流諸夏雖安未足以供事遠夷慕義無以供其求符瑞雖臻罻羅猶密積歲一豐倉廩尚虛此臣所以竊謂未可臣未能遠譬但喻于人今有人十年患瘡疾理之雖皮骨僅存便欲使負米一石日行百里必不可得隋氏之亂非止十年陛下之良醫除其疾苦雖已乂安未甚克實告成天地臣竊有

疑且陛下東封萬國咸集要荒之外莫不奔走自今
伊洛洎于海岱灌莽巨澤茫茫千里人煙斷絶雞犬
不聞道路蕭條進退艱阻豈可引彼夷狄示之虛弱
殫府竭財未厭遠人之望頻年給復不償百姓之勞
或遇水旱之災風雨之變庸夫橫議悔不可追豈獨
臣言兆人咸耳太宗不能奪乃罷封禪
高宗乾封初封禪岱宗行初獻之禮畢執事者趨下而
宮官執帷天后率六宮昇壇行禮帷席皆以錦繡爲

之識者咸非焉時有羅舍府果毅李敬直上言封禪須用明水以實罇彝按淮南子云方諸見月則津而爲水注云方諸陰燧大蛤是也磨拭令熱以向月則水生詔令試之自人定至夜半得水四五斗便差送太山以供用古封禪禮多闕不載管仲對齊桓公自古封禪者七十有二君自管仲後西漢一封禪東漢三封禪而張說封祀壇碑云高宗六之于今七矣意以漢武帝功德不副徒有告成之文故不以爲數耳

漢武帝封太山刻石紀號其文曰事天以禮立身以義事親以孝育人以仁四宇之内莫不為郡縣四夷八蠻咸來貢職與天無極生人蕃息天祿永茂其歷代王檢文皆秘世莫聞知

開元十三年玄宗既封禪問賀知章曰前代帝王何故秘玉牒之文知章對曰玉牒本通神明之意前代帝王所求各異或禱年筭或求神僊其事微密故外人莫知之玄宗曰朕今此行皆為蒼生祈福更無私請

宜將玉牒示百寮其詞曰有唐嗣天子臣某乙敢昭
告于昊天上帝天啓李氏運興土德高祖太宗受命
立極高宗昇平六合殷盛中宗紹復繼體丕定上帝
眷佑錫臣忠武底綏內難翼戴聖父恭承大寶十有
三年敬若天意四海晏然封祀岱嶽謝成于天子孫
百祿蒼生受福御製撰太山銘親札勒山頂詔張說
製封祀壇碑以紀功德

玄宗將東封詔張說徐堅賀知章韋縚康子元等撰東

封儀舊儀禪社首享皇地祇皇后配享新定尊睿宗以配皇地祇説謂堅等曰王者父天母地皇地祇雖當皇母位亦當皇帝之母也子配母饗亦有何嫌而議曰欲令皇后配地祇非古制也天鑒孔明福善如饗乾封之禮皇后配地祇天后為亞獻越國大妃為終獻宫闈接神有乖舊典上玄不祐遂有天授易姓之事宗社中圮公族誅滅皆由此也景龍之季有事圜丘韋庶人為亞獻皆受其咎平坐齋郎及女人執

祭者亦多矣幸今主上尊天敬神革改斯禮非唯乾
坤降祐亦當垂範將來為萬代法也事遂施行
寶應初杜鴻漸為禮儀使與禮官薛頎歸崇敬等建議
以神堯皇帝為受命之主非始封之君得為太祖景
皇帝受封為唐即殷之契周之后稷也郊天地請以
景皇帝配座宗廟亦以景皇帝配獻博士獨孤及議
亦以為若配天之位既易則天祖之號宜廢祀之不
修廟亦當毀恐失祖宗報本之道代宗從之至永泰

二年關中大旱自三月不雨至六月執事者皆多云景皇帝追封于唐高祖受命之祖唐有天下不因景皇帝今配享失位故神不降福愆陽為災詔㫖令百司議乃止先是諫議大夫黎幹亦奏稱景皇帝非受命之君不合配天發十詰十難以明之疏奏不納

總校官候補知府臣葉佩蓀
校對官學正臣常循
謄録監生臣邱太猷

圖書在版編目（CIP）數據

大唐新語 / (唐) 劉肅撰. — 北京：中國書店，2018.8
ISBN 978-7-5149-2084-0

Ⅰ. ①大… Ⅱ. ①劉… Ⅲ. ①筆記小說 – 小說集 – 中國 – 唐代 Ⅳ. ①I242.1

中國版本圖書館CIP數據核字(2018)第084961號

四庫全書·小說家類

大唐新語

作者　唐·劉肅撰
出版發行　中國書店
地址　北京市西城區琉璃廠東街一一五號
郵編　一〇〇〇五〇
印刷　山東潤聲印務有限公司
開本　730毫米×1130毫米　1/16
印張　28.75
版次　二〇一八年八月第一版第一次印刷
書號　ISBN 978-7-5149-2084-0
定價　一〇八　元（全二册）